曹伯高 著

后街的风景

作家出版社

目 录

序一：回归精神的原乡 /001
序二：在尘世拾取星光 /010

第一辑　后街的风景

修自行车的人 /003
打烧饼的王二 /005
开挖掘机的青年 /006
老裁缝 /007
卖土豆的老人 /008
撒网者 /010
理发师 /012
铁　匠 /013
流水线上的爱
　　——献给一对打工的恋人 /014

老鞋匠 /015

菜　农 /016

枯燥的风景 /017

饺面店 /018

捡垃圾的老人
　　——献给我的一生简朴的数学老师 /019

船　娘 /021

穿橙色马甲的女人 /022

八号楼 /024

窗　外 /025

铜锣巷的早晨 /027

砖　雕 /028

青石台阶 /029

状元坊 /030

盛夏，与一只蚂蚁邂逅 /031

阵　风 /033

一只芦花母鸡 /035

野莲花 /037

围　墙 /039

睡　柜 /040

抽旱烟的老人 /041

腊八粥 /042

第二辑　屐痕

九华山之拜（组诗）/047
　　血　经 /047
　　无　瑕 /048
　　堆云洞 /049
　　真　身 /050
　　化城寺 /051

敦煌记（组诗）/053
　　月牙泉 /053
　　鸣沙山 /054
　　玉门关 /055
　　阳　关 /056
　　千佛洞 /057
　　飞　天 /058
　　九层楼 /059
　　乐　傅 /060
　　十七号窟 /061

祁连山之恋（组诗）/063
　　雪　线 /063
　　天　马 /064
　　岩　羊 /065
　　翻越祁连山 /066

河西走廊 /067

丹霞记 /068

弱水谣 /069

梦幻彩陶
　　——参观马家窑文化遗址 /070

致敕勒川（组诗）/072

致敕勒川 /072

青色的城 /073

淖　尔
　　——草原之泪 /074

青　冢 /075

套　马 /076

永远的敖包 /077

长　调 /078

随风而逝的大汗 /079

黄山拾趣（组诗）/081

飞来石 /081

始信峰 /082

那只猴子 /083

鲫鱼背 /083

第三辑　鲸落

鲸　落 /087

永　远 /089

幸福，是可以确认的……/092

六月一日 /093

致十八岁 /095

草地上的椅子 /097

减　肥 /099

斑　马 /100

白天的白 /101

端　午 /103

黑　茶 /104

残　荷 /105

孤　雁 /106

小　寒 /107

湖荡边的夜色 /108

将　来 /109

期待一场雪 /110

嗅　雨 /112

一滴水，舞动一个季节 /114

施家桥的星空 /116

静夜读诗 /118

过射阳(组诗) /119
  黄沙港的早晨 /119
  蚕
    ——参观射阳蚕桑田园感怀 /120
  菊之王者
    ——参观射阳洋马镇菊海 /122
  惆怅的鹤影
    ——参观丹顶鹤繁殖保护基地 /123
凝固的风 /125
目击秋天 /127

第四辑　在秋天的深处独行

在秋天的深处独行 /131
那个午后 /133
老　了 /134
诵经的母亲 /136
病中的母亲 /137
母亲留下的…… /138
故乡的庙宇 /140
冬闲·随修 /142
小　庙 /143

守　岁 /144

忌　讳 /145

一粒沙子的传奇 /146

爱 /147

表　白 /148

大士禅林 /150

独　处 /151

女人花 /153

祈　祷
　　——"六一"节献给特殊教育学校的孩子们 /154

上方寺的晨课 /155

夙　愿 /156

相　信 /158

选　择 /159

站在夏天的边上 /160

挣　脱 /162

关于一个秋天的断想
　　——为苏州大学毕业四十周年聚会而作 /164

火红的石榴 /167

一株菊花与一个清晨 /168

让诗歌成为生活的一部分（代后记）/169

回归精神的原乡
——序《后街的风景》
义 海

地处里下河平原腹地的兴化，在地形上是典型的"锅底洼"；然而，兴化却又是江苏乃至全国的"文学高地"。兴化是著名的"小说之乡"，这一盛名，却在一定程度上遮蔽了这个地区诗歌的芳华。其实，如今以小说和散文闻名于世的毕飞宇、庞余亮（均为兴化籍）等知名作家，他们当初也是踏着诗歌的节奏，开始他们的文学之旅的。从一切的文学其骨子里都是诗歌这一角度来说，"小说之乡"的沃壤深处必定是诗歌；没有诗歌作为文学最原始的"酵母"，小说、戏剧等文体也只会是一堆苍白的情节。

"小说之乡"的诗歌别有其独特的韵致，是里下河文学版图中非常重要的一个部分；河网纵横的里下河地区不仅孕育了多姿多彩的小说情节，更滋养了这里绵长的水乡牧歌。作为土生土长的兴化人，曹伯高用他的诗写出了他对这片土地的深情，更写出了他自己对生活的独特感悟。在2023年出版《稻浪深处》之后，如今他又为我们奉献出他的新诗集《后街的风景》。

曹伯高的诗歌创作有着很强的典型性。作为80年代的第一批大学生，他在苏州大学求学的四年中，亲身感受到了新时期初期中国新诗复兴的盛景。那是百年新诗最充满激情、最理想主义的阶段：读诗、写诗是那个年代超越一切的时尚。曹伯高正是在这个时期产生了对诗歌的"先天性"热爱。他步入社会后，因为种种原因一度中断了诗歌写作；但那个时代注入他体内的诗歌"基因"，始终存活在他的精神肌体里。随着退休，他也渐渐退出了很多人生中的浮华，走向生命的纯粹，而在他的精神空间里沉睡着的诗歌之神也随之悄悄醒来。从《稻浪深处》到《后街的风景》，他在年届花甲时，迎来了他诗歌创作上的一个高峰。曹伯高当下的诗歌创作，严格意义上说，是80年代初、中期中国诗歌激情的延续。一批出生于60年代或70年代初的诗人，不管中途停止过写作或一直坚持写作，诗歌在他们的灵魂深处所烙下的精神印记，是永远不会消除的。对他们来说，诗歌与其说是一种语言技艺，不如说是精神原乡。这便是百年中国新诗的"'六〇'一代现象"。

曹伯高的这部《后街的风景》延续了《稻浪深处》的创作风格：强烈的及物性，对日常生活的深刻观察与体悟，以及对生他养他的里下河平原的深情表达。从主题上讲，这部诗集抒写了四个方面的内容：一是表现他所熟悉的众生万象，二是表现里下河平原的风土人情，三是抒发行走于山水之间的喟叹感怀，四是对日常生活的诗性表达，贯穿于这四者的则是走过了漫漫人生之路后对生命本真的感悟。年轻时的"为赋新词强说愁"与六十岁时的"为伊消得人憔悴"，是不同的人生境界。人到六十岁，眼神不好了，但很多东西反而看得更清楚了——原来没有看到的，现在看到了；原来没有看清的，现在看清了；原来没看明白的，现在看明白了；腿脚比从前慢了，但心灵却能更有效地抵达更远的远方。因此，这部诗集也是一首生命之歌，无论是写芸芸众生，还是写乡愁别绪，一种厚重的生命意识始终洋溢于字里行间。"堕落的，一直在堕落／修行的，永远在修行"（《堆云洞》），这样的诗句只有经历了岁月的长期磨砺之后，方能写得。

首先，对众生与世相的书写，在这部诗集中占据了很重的分量。第一辑"后街的风景"收入很多此类作品。《打烧饼的王二》《修自行车的人》《开挖掘机的青年》《老裁缝》《卖土豆的老人》《理发师》《铁匠》《老鞋匠》等作品，构成这部诗集的"人物志"。这些人物的共同特点是，他们都来自社会的"底层"，但他们的身上依然保留着正在逝去却又十分美好的东西。在这些诗中，曹伯高在采用精湛的白描手法的同时，大量运用了双关的修辞手法。他这样写打烧饼的王二：他"腱肉跃然／按住一切浮躁、抱怨、懒惰，揉搓"；他这样写老裁缝："老花眼镜穿透生活的琐碎／做人的尺寸从来拿捏得清清楚楚"；他这样写理发师："眼神如此专注／那一刻，锋利削去了生活的冗余"……在这些描写中，诗人采用虚实错置的手法，通过富于智慧的搭配，使得不合常理的谓宾组合产生出意想不到的表达效果。

其次，时代记忆、平原生活、亲情表达是曹伯高笔下最常见的主题。他出生于60年代初期，跟他的同时代人一样，经历了乘船交通到高速列车飞驰的时代巨变，经历了靠书信传递信息到书信的几近消亡，更经历了视粮食为"圣物"到现在的时常担心"吃多了"。在这些巨变中，一些生活方式、习俗、器物正在消失（亡）。比如，他诗中写到的"睡柜"。这是70年代之前里下河平原农家常见的家具。它在外观上通常为两个方形的柜体，柜顶为可开合的盖板，两柜相拼铺上被褥就形成了一张普通的床铺；睡柜是旧时居住空间狭小的产物，可以"一物两用"，节省室内空间；同时，家中贵重的东西也经常置放于柜中，因为夜间有人睡在上面，自然更为安全。在里下河地区，睡柜则多用来贮藏粮食，可见粮食是多么地珍贵。曹伯高在《睡柜》一诗中这样写道："两个祖传的大木柜／一只装着稻子／一只装着麦子／／爷爷在稻子、麦子上面睡着／冬夜安宁／适合梦想生长。"这首朴素的小诗有着非同寻常的时代记忆价值，因为睡柜作为家具或器物，早已从我们的生活中消失，但它在这首诗中诗意地保存了下来。"爷爷在稻子、麦子上面睡着"，在饥饿年代是一个家庭祥和、安宁的象征；一句"适合梦想生长"，则是作者诗眼看往事的一种升华。再比如，他对腊八节记忆的书写：

那一天，腊月初八／太阳依旧没有半点力气／母亲打开瓦罐，摇醒了花生／摇醒了豆豆们／她要熬腊八粥／像左邻右舍一样／在这严寒的冬天／把一年的艰辛熬出一些甜味／／灶间里，水汽蒸腾／锅盖缝里，冲出豆豆们的香味／寒冷被挤出农舍／母亲笑嘻嘻地／一手拿着海碗／一手拿着亮铮铮的铜勺／给父亲盛一碗温情／给儿子盛一碗希望／给自己留一勺对春天的期盼

——《腊八粥》

这些诗行再次证明，有些习俗只属于特定的年代；时过境迁，它们便只是徒有其外在的形式而已。腊八节是农耕民族生产力十分低下时期的产物，而腊八粥的味道也只有在特定的时空才最香醇。曹伯高在这里所写的腊八节是有根的腊八节，他笔下的腊八粥是平原上最本色的腊八粥。"打开瓦罐"，写出了粮食的珍贵；而"摇醒了花生，摇醒了豆豆"，写出了寒冷的冬天里贫瘠中的几分生机；至于铜勺所盛出的"温情""希望""春天"，则是腊八粥经过作者心灵过滤之后的难以磨灭的生活感悟与时代记忆。

同时，时代的巨变不仅使得一些器物和风俗离我们远去，封闭与清贫时代人们的生活观念，对永远、远方、永恒等抽象观念的认识，在当下看来虽然显得很"荒诞"，但

那是一个时代的缩影。这种时代印记,在这首《永远》中被表达得淋漓尽致:"和二疤子一起寻猪草……我们坐在田埂上/用小镰刀指着县城的方向/县城应该在一个'永远'的地方/我们没去过县城/那个上午,瘸子老师/教给我们'永远'这个词。"作者虽然采用的是叙事的手法,虽然并未作任何的渲染,如今读来,确有催人泪下的力量。当年,许许多多像曹伯高一样的年轻人,正是凭着把县城当作"永远"或"远方"这一起点,走出了自己所生活的乡村,走到了人生真正意义上的远方。

  再次,不管是表现日常生活,还是抒写里下河平原的风土人情和亲情,洋溢在曹伯高的诗行间的,是他经历了世事沧桑后的生命意识。从所谓事业的旋涡中心退出后,他似乎更喜欢怀旧,生理上的渐变让诗歌的色泽变得更醇厚:"开始厌倦楼梯……钟情于血色的黄昏……偶尔,会在草坪上/选一张椅子/把自己坐成一座涂满夕阳的铜像";曾经奔腾着流向大海的河流,现在则"流向内陆"(《老了》)。现在更爱独处,更爱回看,更爱反思:"难以入眠的长夜/辗转反侧/像翻书一样翻着自己"(《独处》)。总之,他渐渐地由一个"参与者",变成一个"旁观者""思考者"和"彻悟者";总之,由于从生活的旋涡中退出,再回看往事时,原来模糊的现在反而变得清晰起来。一条浩浩荡荡的大河,乱石穿空、惊涛拍岸是一种力量,但平静如镜、从容淡出,把深情内敛于心底,也是一种力量。曹伯高这部诗集中的很多作品，所体现的正是后一种力量：明晰、淡定、澄澈、宽容；正如他在诗中所写："一下子原谅了那么多曾经的冬天／一下子明白了那么多的温馨。"(《老了》)他对人生的理解，同时也在他写景状物的作品中时时见出。比如他的《青石台阶》：

你随遇而安／在岁月的低洼处，沉默／半生的光鲜／都是被别人践踏出来的／／偶尔，被曾经的棱角刺痛／青春早已在风中飘逝／你想挣脱，回到故乡／回到纹理粗糙的从前
——《青石台阶》

青石台阶万人踩踏，因此才显出光泽；人生曲折漫长，才会像玉石一样越磨越亮。可以认为，这首《青石台阶》，是写青石也是在写他自己对人生的深层次理解。此外，曹伯高的这本诗集中所收录的很多行旅诗，从某种意义上说，也是他在山水之间验证生命体验的一种方式。他曾经做过中学语文教师，他的行走远方也是一个曾经的语文教师的情怀与名山大川的一次次互文。

曹伯高不是那种为技巧而写作的诗人，他在人生的后半程忽然如痴如醉地投入诗歌写作，那是一种精神的需要；他是为更为丰满的生命而写作，为精神的纯粹而写作。然而，他不为技巧而写作并不说明他不讲究技巧。虽然他与近三十年来中国诗坛上的一次次"运动"、一次次流派"交

锋"都擦肩而过，然而，作为80年代的第一批中文系大学生，凭着大学时期扎实的专业训练，凭着对"五四"新诗传统的体认，他的诗歌保持着较高的艺术水准，"道"与"技"得到了很好的平衡。他的诗，多缘情而生，常因景而起，不故作深沉，不卖弄技艺，把"言志"的传统演绎得恰如其分。他非常强调一首诗整体上的和谐，各个部分形成有机的关联，并在这基础上寻求意象的别致，体现出一个中学语文特级教师深厚的学科素养。他笔下所有的诗句都接受了他灵魂深切的审视。

  曹伯高自谦为"文学老年"，其实诗歌从来都没有老的时候。一切伟大的诗歌，其深处都是生命力的涌动，都是情感的澎湃。他请我写这篇序言时，我正忙于赶写自己的书稿；我感动于他对诗歌的执着情怀，爽快地答应了。著名文学批评家王干先生在为曹伯高的第一部诗集《稻浪深处》作序时，曾这样写道："诗歌是我们这一代人的故乡。我们写诗，就是还乡。"我跟伯高也算是同代人了，这句话一下子在我心中产生了强烈的共鸣。于是，我便借用了王干先生的语意，把这篇序言定名为：《回归精神的原乡》。

  是为序。

2025年4月15日于孤且独居

作者简介：

　　义海，本名陈义海，江苏东台人。教授，比较文学博士，双语诗人，翻译家，兼任江苏省中华诗学研究会会长。主要从事诗歌创作、诗歌翻译、诗歌批评。出版各类著（译）作近三十种。曾获得江苏省紫金山文学奖（诗歌奖、散文奖），江苏省文艺大奖（文艺评论奖）等。

在尘世拾取星光
——序《后街的风景》

梁雪波

有位诗人在谈及文学之于人的重要性时说道，文学之所以进入我们的生活，是因为我们内心渴望着更多的事物——更宽广、更深奥、更丰富的感觉；更多的自由联想，更多的美；更多形形色色的悲伤；更多无法抑制的喜悦……文学也许不是生存的必需品，但文学的存在却扩展了我们生命的总和。当一个人因文学而改变，文学也会改变自我所创造和分享的外部世界。

这是我翻开曹伯高先生的第二部诗集《后街的风景》时，首先涌出的内心感受。我因诗歌与曹先生结缘，也曾前往曹先生的故乡兴化——一个被誉为里下河平原上的明珠的美丽的地方，感受过绵延翻涌的稻浪，领略过灿烂芬芳的垛田。鱼米之乡的桨声，仿佛是从唐诗宋词中摇出的韵脚，这片被水网织就的土地，每一株稻穗、每一株菜花都有着诗性的光泽。我想，南国水乡的温润不仅养人，更养心，因此才有了曹先生从杏坛师者到抒情诗人的转身，才有了一本本沉甸甸的诗册。

阅读这些诗歌，仿佛不经意间走进了里下河平原某个寻常的黄昏：烧饼炉内的芝麻在火光中绽放香气，船娘摇橹的身姿划碎河面的霞光，老裁缝的剪刀正裁下一角金色的斜阳。诗人俯身于市井巷陌，将散落在人间烟火里的星芒一一拾起，那些被岁月磨旧的日常，在他的凝视中悄然发光。

品读《后街的风景》，却并非"旧地重游"，而是一次崭新的阅读体验。全书共分为四个小辑。第一辑"后街的风景"，写的是诗人眼中的普通人，诗人将目光聚焦于城市与乡村中的平凡身影，用诗歌记录他们的职业特征与生活样态，透视他们的人生轨迹，感受他们的喜怒哀乐。在后街的拐弯处，苦楝树的浓荫漏下斑驳的光点。修车师傅油污的手掌翻飞，锈蚀的链条便重新咬住日子的齿轮（《修自行车的人》）；王二揉面的臂膀绷紧，面团里"酿制幸福的酵母"随炉火膨起焦香（《打烧饼的王二》）。这些诗篇如老鞋匠的锥子，穿透生活的表象，将琐碎缝缀成"工整而错落有致的一页页诗行"（《老鞋匠》）。诗人对故乡事物有着深沉的爱，因此才能与笔下的人物命运产生灵魂共振，他用温情而细腻的笔触，写船娘"所有的日子在水上漂着"（《船娘》）；写铁匠的粗粝性格，在一个"打"字中体现出里下河男人的血性和仗义（《铁匠》）。最动人的是卖土豆的老人：切开土豆的刀子，划开的不是薯块，而是"埋进松软的长夜"的梦想，而夕阳下泛光的土豆，成了"秋天对汗水的真诚的馈赠"(《卖土豆的老人》)。"后街"无疑只是诗人观察到的无数生活场景的一个缩影，一道独特的风景，而其中一些场景和事物，或将随着时代的发展而逐渐消逝，诗人用他敏锐的目光捕捉并记录下了岁月最本真的影像，表达了诗人对人世变迁的感叹，隐含着对传统文化的缅怀与忧伤。

第二辑"屐痕"，凝结了诗人在旅行中的见闻与感悟，其中既有对自然奇观的礼赞，也有对人文历史的回溯，更融入了诗人的人生经验，显示出诗人的文化视野、激情和想象力。九华山僧人书写的血经在孤灯下泛着殷红，每个字都是"善的种子"开出的莲花(《血经》)；敦煌的月牙泉像大地"亘古的泪水"(《月牙泉》)；鸣沙山吞没的驼铃成了砂砾间疼痛的呻吟(《鸣沙山》)。诗人行至祁连山脉，看雪线如银链轻束山峦，云中的天马鬃鬣系挂着母亲的"期盼与不舍"(《天马》)。诗人以故土为情感根基、为精神血脉，但也拥有一颗浪迹天涯的不羁之心，那游子远行的脚步，何尝不是另一种回望故土与星空的姿势？

第三辑"鲸落"，书写的是诗人的生活感悟，尤其抒发了作者在退休后从事诗歌创作的体会，表达了诗人对生命意义的思考和追索，以及开启人生新篇章的信念。《鲸落》以海洋为镜，映照生命轮回，巨鲸沉入深渊的姿态，是死亡之后的"再次盛开"，象征着另一种重生，又一场浩大的生命演绎在深海中绵延。《幸福，是可以确认的……》捕捉日常微光：冬日的丑月季倔强开花，黄狗摇着尾巴呈现幸福，三轮车夫就着熏肉品味生活的酸甜；而对于寂静深夜里的诗人而言，幸福就是找到那"苦苦追寻的下一句"。《期待一场雪》将等待化作晶莹的独白：发间落满思念的白，石头上刻着三叶虫的坚持，直到大雪掩埋尘世，所有的坚韧都开出冰花。《静夜读诗》揭开创作的真谛：当骰子与香槟的喧哗散去，唯有诗句能让零乱的生活安静下来。诗人调节灯光如同摘取星星，在内心与文字的舞台上，与最本真的自我共舞。

第四辑"在秋天的深处独行"，收入了关于故乡、母亲、季节风物等方面的诗歌，表达了诗人对家乡和亲人的热爱与眷恋，对人生和岁月的真切感受。经历了半个多世纪的岁月风霜，诗人深刻体悟到生命的沉重与轻盈、真实与虚无、短暂与恒久，才能怀着一颗悲悯之心面对人世疾苦。在母亲的病榻前，石英钟的嘀嗒声追赶着西沉的落日（《病中的母亲》）；故乡庙宇的台阶上，香火将庄稼人的疼痛轻轻抚慰（《故乡的庙宇》）；那些少年时拼命挣脱的村庄，中年后竟成了野菊花摇曳的归途（《挣脱》）。而《夙愿》中的独白，"我只要一小片天空／安置我心中深爱的几颗星星"，恰似整部诗集的底色，那些被生活磋磨的凹痕里，总有星芒在暗处闪烁。这些诗作不追求华丽宏伟的叙事，却描绘了平凡人间那些闪烁的意义碎片。诗人用朴素的笔触，将"日常之美"呈现给我们的同时，也彰显出他所秉持的写作主张，一种"在细微处见真情"的诗歌美学。

　　平日里，曹先生笔耕不辍，创作热情令人钦佩。他年长于我，每有新作常谦虚地让我"指正"，这时候，我的眼前就会浮现出这样的画面：当秋阳斜斜地穿过后街的苦楝树，诗人伏案沉浸于他的诗的世界，他的心灵"在秋天的深处独行"。而那些被诗句浸润的面孔，那些在水乡大地上劳作生息的一代代人，像被季风吹拂的稻浪和被水汽环绕的花穗一样，他们的人生正被诗人笔下的文字轻轻托起，成了时光里不熄的星辰。作为诗人的曹伯高先生，就像这大地上辛勤的劳作者，一个用语言编织梦幻诗意的人，他用质朴、温润、内敛而意蕴深厚的诗篇，将散落的星光挂上夜空，照亮所有在平凡中创造奇迹的生命。

2025年3月于南京

作者简介：

　　梁雪波：诗人，编辑，诗评家。作品发表于《诗刊》《作家》《钟山》《星星》《扬子江诗刊》《扬子江评论》《诗江南》等文学刊物。著有诗集《午夜的断刀》《雨之书》《修灯的人》。曾获江苏青年诗人双年奖（2012—2013）、第九届金陵文学奖、第二届李白诗歌奖、第四届海子诗歌奖。

第一辑 后街的风景

修自行车的人

后街的拐弯处,一棵楝树
连同一双沾着油污的手,被人群
熙熙攘攘地忽略
一些奔波与劳碌产生锈蚀
岁月的齿轮停了
向往,在疲惫的链条上断裂

原来,所有的日子都充满了必然
挫折与无助说来就来,就像
泄气的轮胎,苦涩的笑容
从自行车上跌落
一些温馨与美好,戛然而止
期盼,在期盼中停滞

苦楝树下,我看着
他的手娴熟地拭去锈迹
生活在平淡中显出一些光亮
他叼着卷烟,淡淡的笑意在烟雾中飘着
链条重新传送快乐
车轮又开始愉快地旋转

树荫很浓
这双沾满油污的手
是后街拐弯处的风景

打烧饼的王二

那只老公鸡还在酣睡
王二哼着小曲,开始和面

臂膀,腱肉跃然
按住一切浮躁、抱怨、懒惰,揉搓

老式的土炉是他痴情的坚守
满街的舌头都记着那种古老的滋味

炉火映照着王二的脸膛
店铺虽小,所有的日子红红火火

烧饼的香味飘过铜锣巷,飘过四季
那是王二骄傲的名片

岁月绵绵,平凡而有章法
王二有酿制幸福的酵母

开挖掘机的青年

他挥动着钢铁的臂膀
把泥土和石块挪开
动作流畅
像他课堂上的儿子
背诵,床前明月光

抓斗,是洞悉他内心的朋友
那些希冀和愿景
晚餐桌上,妻儿的笑脸
被稳稳地抓握,甚至
他能用抓斗打开啤酒瓶的塞子
让斗室溢满麦芽的清香

所过之处,是一条平坦的道路
通向他的梦乡

老裁缝

老花眼镜穿透生活的琐碎
做人的尺寸从来拿捏得清清楚楚

时髦的摩托车载着爵士乐飞驰
老街上,能剪裁的事物已经不多

短裤在长裤的外面,招摇过市
他的目光被撞伤

春天里,暖风剪出无数杨柳的叶子
剪不去他心头的荒芜落寞

这个世界拒绝任何缝补
尽管它破洞百出

卖土豆的老人

人流车流在晚霞中形成漩涡
他选择后街的一个角落,成为港湾
就像春天,他用心选择土豆的种苗
他细心地切开梦想
留下绽出嫩芽的部分
埋进松软的长夜
浇水
施肥
梦想在未知的黑暗里生长

他的眼中塞满期待
缝隙里透出几分警惕
夕照让土豆泛出浑圆的光泽
那是这个秋天
对汗水的真诚的馈赠
空气里,弥漫着
离别前的恋恋不舍

我忏悔,没有停下脚步
没有买下,哪怕一颗土豆

我被这个深秋的傍晚
深深地灼痛

一座喧嚣繁华的城市面前
一位老人
在出卖他卑微的梦想

撒网者

梦在这条河流的深处
夜间,他感觉到儿时的记忆在发芽
少年时的野心是迷人的礼花
他无数次地判断
那条鱼一直在游动
在他的明天,或者后天

他蔑视父亲
父亲收获了他,此外
一事无成
父亲在另一条河流上
默默地走完了一生

这是一条谜一样的河流
他曾经灰心气馁过
想象着,自己钻进了一张网里
岁月的嘲笑,让他不寒而栗
现在,这条河流赋予他勇气

他挥动百孔千疮的臂膀

腰椎钻心地疼痛
阳光在河面上迅疾欢快地跳动
他拒绝想象河流尽头的任何风景
太阳落山前
他要放手一搏

理发师

眼神如此专注
那一刻,锋利削去了生活的冗余

梳理所有平凡的时光
一些琐屑的心情被吹散

乖戾与背叛被一一剪除
日子因勤勉而祥和

热忱熨平了岁月的皱纹
镜子里,笑容开放如花朵

铁 匠

铁匠,姓马
打的镰刀,锋利得可以剃头

铁匠喝高了,会打老婆,带锤不着点
老婆依然会炒一盘蚕豆,给他下酒

铁匠打儿子,上学竟敢不听先生的话
儿子考上大学,娶了城里的媳妇

铁匠打杀猪的,一斤肉竟带了二两骨头
什么东西?你杀猪的刀还是我打的呢

铁匠还打了小队长,五保户缸里竟没米了
怎么管事的?还整天吆五喝六的

铁匠,姓马
早已作古

流水线上的爱
——献给一对打工的恋人

诗和远方被装进餐盒
一起走进,空气如此清新的早晨

流水线的一端,男孩
用手势,向另一端的姑娘表白

传送带有节奏地奔跑
青春在此,被匀速旋转

流水线上,时间很拥挤
没有给爱情留一点点空隙

正午,阳光金灿灿的
诗与远方,被分享,被咀嚼,被憧憬

这里,离花前月下非常遥远
忙碌的传送带上,有的只是会心的笑颜

老鞋匠

这个角落,躲过城市的喧嚣
一把锥子缝缀半辈子人生

纷乱的脚步,在风中跌落
这手艺显出一副落魄的样子,有些心酸

长长的鞋线,缠绕着
日出日落,无数个寂寞的黄昏

补缀一双双残破的鞋掌
仿佛工整而错落有致的一页页诗行

为远行的人奉上祝福
无声的脚印,一路伸展

日子一天一天重复
卑微与诚实溢出浑浊的眼睛

这双手长满了老茧
因无数双陌生的脚而获得一些尊严

菜 农

泥土的味道,在梦中弥漫
岁月沾满尘土,结出厚厚的茧

翻开第一锹土,为希望铺垫
种子,在属于自己的季节跳舞

躬身而耘,朝阳映照着一座山峦
菜芽钻出地面,出现一些神奇的细节

阳光嵌进每一道皱纹
笑容,在最初的叶瓣上产生

期盼的根深植于弥望的沃土
风雨的恩赐,让日子显出几分温馨

青菜芹菜,一架一架的黄瓜豇豆
按种啥得啥的公式,找到答案

晨光中,他拉着一车的骄傲
佝偻的背,让灰蒙蒙的城市惊艳

枯燥的风景

一排麻雀,从电线上弹起
杂乱地飞来荡去
一地的玉米,挤挤挨挨的
有人荷锄,日出走进去,日落走出来
村庄上,几缕炊烟
被微风拧成细长的麻花

风车,牛棚,苦楝树……
被无边的暮色掩埋
夕阳,坐在轮椅里
缓缓地移动

这枯燥的风景中
荷锄的人,一代又一代
安放
自己沉默的人生

饺面店

烟花绽放,村庄的宁静破碎
一身蒙尘,跌进钢筋混凝土的森林

生活在堆叠,喘息之声渐起
透过沸腾的蒸汽,遥望梦乡

日出和日落,交替而至
汗水被咀嚼,尝到人到中年的滋味

细软的面条系住执着的向往
酸甜苦辣,在窗户边窥视未来的岁月

闹钟虚设,错过无数黎明
平淡的日子,常被顾客的满足传染

生活在不甘平庸中终于平庸
豹子的斑纹,在睡梦中依然灿烂

捡垃圾的老人
——献给我的一生简朴的数学老师

塑料瓶归塑料瓶
铁罐与铝罐分开
就像农民分开稻子和稗草
像你黑板上，当年
教我们合并同类项

你的日子，青菜一样朴素
你亲手栽种的那些青菜啊
日出，日落，你微笑着
看它们按几何级数
一天天生长

追赶一只随风翻舞的塑料袋
你的喘息，你笨拙的步态
让这个喧嚣的世界惭愧
环绕你的目光，如此异样
你平静，平静得
像街边多了一株绿荫匝地的老槐树

其实,你衣食无忧
你只是把一些人丢弃的美好
从肮脏中拯救出来
你只是想把日子
过成自己喜欢的样子

船　娘

把命运托付于江河
江河，即家园

螺旋桨推着岁月向前
所有的日子在水上漂着

浪花上跳跃着欢乐与忧伤
从长江头，到长江尾

一条江豚在寂寞地行走
她拍下内心的风雨与亲友分享

轮机轰鸣，她有时梦到童年
张一叶白帆，浪迹天涯

穿橙色马甲的女人

夜风盘旋,街上落满繁华和欲望
白天的喧嚣,被健忘的人们遗弃
一只黑色的塑料袋在她的梦乡翻滚
装着一些蔑视的眼神,一些冷漠的脸
路灯手牵着手,与城市相守
显出几分温存

黎明尚未来临
她穿上那件陈旧的马甲,橙色的
人生的标签发出卑微的荧光
没有惊扰你我的美梦
时间的脚步,踩着一路汗水
夜的昏暗被扫帚一点一点推开

人生的长度
在五百米的街道上延伸,每一天
她从一道道砖缝间剔出属于她的欣慰和幸福
她会仔细地擦去垃圾桶上的污渍
连同这座城市赐予她的灰色的记忆
熙熙攘攘的欲望,常在街上拥堵

城市里的许多事物
需要一些不属于它的人
用汗水或泪水洗涤

当第一缕阳光挤进楼厦的缝隙
她的脸上现出
街道一样整洁的笑容

八号楼

不望星空,我端一壶清茶看八号楼

那样近,又那样远
夜色,让一切显得真切而虚幻
有多少心脏在楼里跳动?
有多少肺在楼里呼吸?
有多少尘世故事和梦想在楼里发芽?
有多少生活的酸甜苦辣从一扇扇窗户泄漏出来?

夜幕下,八号楼是一个巨大的存在
黑魆魆的,如一条巨型的鱼
一排排的鳞片,发着光
亮起来,暗下去,又亮起来……
天哪,它在游动

终于,偌大的尘世安静下来
只剩下最东边的一扇窗户透出灯光
那是鱼的眼睛,它在
窥探这个尘世
夜的秘密

窗 外

鸟在小树林里唱歌
梦被它衔到了窗外
晨曦在林间徘徊
我努力回忆
窘迫在梦里生长的样子
看着满房间夜的味道
我努力回忆,更远的从前

不打开窗户,阳光
同样可以照进来
尘埃在空气里显得忙碌而凌乱
我看一份旧杂志
与一个压抑悲伤的女人相遇

小树林,在梦里很安静
听不到风在穿梭
鸟儿蜷缩在枝头,等待黎明
我在树林里迷路
我的梦被衔出去,是一次意外

鸟的歌声告诉我
窗外的空气是新鲜的
也是陌生的

铜锣巷的早晨

星星渐渐隐去
街灯熄灭了无数的残梦

烟火人间的帷幕拉开
两只黄鹂在老藤间鸣响前奏

疲惫，从女人舒展的臂膀上滑落
眼神，充溢着神秘的慵懒

锅碗瓢盆开始伴奏
餐桌上的风景，日新月异

晨练老汉，银发融入朝霞
买菜的大妈挎着满竹篮的笑声

古巷深深，在晨曦中舒展
孩子们背着一书包的梦想，出发

铜锣巷，一条生活的支流
正汇入老城新的一页日历

砖　雕

报春的红梅早已凋零
一对喜鹊依然在枝头伫立
热风贴着老宅的墙壁行走
岁月带走无数人间烟火

高墙深院，风雨传唱着
一代一代的悲欢
当初的栩栩如生
消逝，岁月在荒烟蔓草间轮回

祈祷与期盼
在墙壁上斑斑驳驳
那对喜鹊在沉默中安详地老去
看尽了世态炎凉
厌倦，飞翔

青石台阶

故乡,遥远得难于回忆
艰辛,在沿途的时光中颠簸
出山时的疼痛
早已被抖落
甚至忘了,与母亲道别

有人沐浴着阳光,补天
亮丽得趾高气扬
你随遇而安
在岁月的低洼处,沉默
半生的光鲜
都是被别人践踏出来的

偶尔,被曾经的棱角刺痛
青春早已在风中飘逝
你想挣脱,回到故乡
回到纹理粗糙的从前

状元坊

这几块石头,如此荣幸
生命被文字无数次堆叠

三更灯火,在镜子里跳舞
线装的青春,长夜难眠

庙堂高耸,一个个梦想撑破
有人忍受住了无尽的蔑视与疼痛

热血,润染了一朵朵艳红的宫花
正直和良知至此可能拐弯

石牌坊精致的字迹和吉祥的图案
充满诱惑,让许多后来者跌进梦乡

盛夏,与一只蚂蚁邂逅

看上去很匆忙,真的
我把一只脚挪开
我想,烈日下
它应该奔跑到芭蕉的阴影里
没有,它翻过了一根枯树枝

它奔跑,脚底似乎有轮子
停顿,我听到急刹车的声响
拐弯,调头,再奔跑
莽撞得没时间思考
目的地在哪?
我看不出,它似乎也不知道

背上有一个大行囊
是食物?还是其他什么?

干哪一行呢?
小白领?
一个月挣多少?
有房有车吗?

就一快递小哥吧?

嘿,它翻上了一级台阶
不搭理我

阵 风

都市的裙摆成为流淌的晚霞
阵风在楼厦间穿行

一堆堆稻谷开始酣眠
尘屑黯淡地踏上归途
风中的蛙声,像遥远的潮汐
此刻,浑圆的夕阳
从我的心头坠落
我依稀望见,故乡
一捆谷草掩没了母亲瘦弱的身躯
缓缓地,回家

秋色凉薄
我隐隐听到,老屋前
河流平静而温馨的呼吸
夜幕随风而至
在晚归的牛背上铺展
老屋的门前
母亲端着一海碗的黄昏
整个秋天,沉淀在碗底

这向晚的阵风
疲惫而急切
从千里外的故乡赶来
吹得我泪眼迷蒙

一只芦花母鸡

一束芦花把日子装扮得灰腾腾的
没有太多的烦恼
稻谷躲在场院的缝隙里
初秋时节,领着孩子们散步
是一件愉快的事件

睡眠不是很好
后半夜总有人直着嗓子叫唤
那腔调,五音不全
没有温存的夜,变得漫长
她想起白日里噩梦般的粗暴
月亮凝视着一切
对爱情,无能为力

算计着缝隙里的那些谷粒
算计着,夜风中
一丝黄鼠狼的气息正在逼近
有无鸡仔尚未吃饱?
岁月显出应有的苦涩,尽管
太阳照常升起

总是小心翼翼地
领着孩子们走过厨房
不让他们看见灶膛、铁锅和刀子
"君子远庖厨"
其实,她不懂圣人说的这些道理

野莲花

英子
在春风里一天天长大

雪融后的麦子地
绿色的笑声,脆嘣嘣的
竹篮里,装满了
一个乡村女孩奇奇怪怪的心思
长长的老田埂上
风,在撒野

那条文静的小河
装满了赤条条的记忆,那样清澈
英子成了
最后一缕细细的波纹
撕心的呼号,凝成永远的黑夜
让河岸战栗

我不敢再亲近那条河流
诱惑与恐惧
在心头筑成巢穴

黑森森的波纹,充满窥视

多年后,我的梦
与一条长出白发的河流邂逅
斜风细雨中
一簇淡黄色的野莲花
吐着笑意

围　墙

夯锤狠劲砸下去
膂力过人的父亲心中有了几分胜算

老屋的场院并不狭小
秋收前，父亲发意要造一堵围墙

长瓜果时，泥土是女人
夯锤的砸打，它倔强成石头

那个初冬的午后，阳光煦暖
两条狗在围墙的内外开始无厘头地对吼

父亲把围墙内打理得清清爽爽
我的目光却喜欢越过围墙，眺望……

睡 柜

两个祖传的大木柜
一只装着稻子
一只装着麦子

爷爷在稻子、麦子上面睡着
冬夜安宁
适合梦想生长

老鼠开始忙碌,某一天
爷爷的梦终于被咬出一个豁口
它们品尝,庄稼人的丰饶与艰辛

爷爷在两只睡柜上
做完了,他一生所有的梦
柜底的鼠洞,成为碑铭

抽旱烟的老人

一只疲惫的鸟
飞过云朵,飞出浑浊的目光
羽毛抚慰苍老的喘息
生活的厚茧,慢慢脱落

夕阳的光辉
映照着额头纵横的沟壑
一滴汗水
被脚下的禾苗欣然收悉

那双荷锄的手,如此温柔
铜嘴烟斗轻叩一下鞋底
庄稼人的日子,显出古铜的光泽
此刻,岁月渗出一丝甜蜜

一颗星星,伸手可摘
命运,在忽明忽暗中
无声地隐忍
像这平原上无尽的泥土

腊八粥

母亲从地里刨出花生
从豆架上摘下绿豆、红豆、豇豆
泥土的仁厚与太阳的光晖
被贮藏进不同的瓦罐,进入梦乡
冰凌花在梦乡里绽放

寒流在平原上粗暴地行走
豆架倾颓
弯曲的河沟里
冰下,传出鱼的窃窃私语
这个季节,只有北风蓬蓬勃勃

那一天,腊月初八
太阳依旧没有半点力气
母亲打开瓦罐,摇醒了花生
摇醒了豆豆们
她要熬腊八粥
像左邻右舍一样
在这严寒的冬天
把一年的艰辛熬出一些甜味

灶间里，水汽蒸腾

锅盖缝里，冲出豆豆们的香味

寒冷被挤出农舍

母亲笑嘻嘻地

一手拿着海碗

一手拿着亮铮铮的铜勺

给父亲盛一碗温情

给儿子盛一碗希望

给自己留一勺对春天的期盼

第二辑 屐痕

九华山之拜（组诗）

血 经

当第一滴舌血
幻化成第一行文字
每一个笔画成为善的种子
在生命的荒芜处，静静萌芽

长夜孤灯
是谁点燃了你的生命之泉
二十八个春夏秋冬
所有枯寂的吟诵
生机盎然，郁郁葱葱

热忱的血在纸页上跋涉
无数深深的脚印
莲花摇曳，彼岸
在黯淡的烛光中忽隐忽现

暮鼓晨钟

弥望的松柏虔诚地俯首
绵延的经卷
无尽的石阶
在舍弃与追寻中延伸

无　瑕

你如一根柔弱的藤蔓
呈现生命的本相
攀援和爬升，都不重要
能牵住一缕阳光
就会长成无悔的菩提

选一个寂寞的黄昏
许宏阔无边的大愿
无数的妄念，在裸露
在裸露的花岗岩上灭寂
你的目光，虚空澄澈
一切追求，都是疼痛的割舍

红尘漫过旷野，漫过山川
你摊开双手，放下一切

一丝笑意顺风而逝
任十万斛清泉冲洗
冲洗，这白驹过隙的人生

堆云洞

松风万里
无数洁白的云朵蜂拥而至
红尘渐远
人间烟火全无
选择是一种机缘
或者，是一种顽强的挣脱

面壁，与冥顽的石头对视
抹去一切牵挂
抹去饮食男女
抹去心尖上蛛丝一般的欲念
让空与无，在花岗岩上生长
蓬蓬勃勃

你知道，云海下面
欲海浪涌

苦厄万千
堕落的，一直在堕落
修行的，永远在修行

你握一柄陈旧的木桨
眼里，只看着彼岸

真 身

大愿已了
自虚空来，还虚空去

生命之树凋谢
枯寂的眼，涌出智慧之泉

华严世界，法门万千
一花一叶皆菩提

远逝的，是空。是色。
留下的，是有？是无？

化城寺

钟磬之声渐起
波涛万顷,瞬间化为坦途
是谁踏浪而来
用一砖一石
垒成信仰坚实的底座

香烟缭绕
悲悯的泪水,在心头淅淅沥沥
欲念的海上,孤帆一叶
此处,是慈航的起点

苔藓匍匐于墙角
在卑微中,慢慢站立起来
告诉你,站立是修行应有的姿势
至诚至善的香火
永远点燃在灵魂深处

地狱未空
众生难度

殉道者的心头,永远
长着一棵,知善恶的菩提
枝繁叶茂

敦煌记（组诗）

月牙泉

草原与森林依次隐去
最后一丛灌木的浆果在黄昏里飘摇
一种怎样的挣扎与疼痛，绵延
千万年，风沙漫天
天地间充塞着无边的纠缠
无力劝解，人与自然的纷争

无数星星跌落于泉水
时光掩埋了一切迁徙的骚动
那些绝望
那些哭泣
那最后一片树叶凋落时
划过夜风的叹息

无数小溪河流走进死亡
羊群马群云朵一样飘远
水草丰美，自此埋进关于故乡的梦里

驼队自西天边拥来
铃声划过无边的戈壁

曾经的辉煌,只剩下断壁残垣
难于想象,它千年的坚韧
僧侣们早已溃逃
是它昂着头,守望着
最后一棵胡杨倒下
流出眼前这一滴亘古的泪水

鸣沙山

我目光中所有的温柔
被这座绵延的沙山吞噬

天地间仅剩下一种颜色
一切生命从视线里仓皇逃逸

风把山脊打磨得如此锋利,梦中
一排沙枣树在刀刃上跳舞

蜂飞蝶舞的日子长眠于何处

曾经的缤纷让我心酸

驼峰上招展着银铃般的笑声
欲望如沙漠上戏谑轻佻的热风

疼痛,有时自地壳深处袭来
这座山,发出轻轻的呻吟

玉门关

千年前的一场春风,至今
仍在徘徊,在去一处关隘的路上

关外,蓝田日暖
沾血的盔甲疲惫地在阳光下打盹

一川如斗的碎石,缝隙间
梭梭草僵直着身子,张望

边关月冷,刁斗之声
敲碎千里之外无数缠绵的春梦

异乡的鼾声在朔风中磕碰
边陲的梦呓,夹杂着妻儿的乳名

厮杀之声仍在刀剑的锋刃上弹响
血色残阳让无数的白骨消弭

那场春风到底会带来怎样姹紫嫣红的消息
何时拂动关隘上铁铸般的锦幡

阳 关

阳关是一棵树
在无数故人的梦里,生根
一往情深地开花

饯行的酒馔已残
青春与友谊在血管里奔涌
阳关外传来战袍撕裂的声响
岁月如此豪迈,如同
天边黑压压奔腾的潮水般的战马

无数春天被忽略

无数生命逢不到适合自己的季节
唯有这个春天有些异样
晚来了一些时日
有人发一声喊
"修我戈矛，修我戈矛"

把渭城的柳枝折尽
这个春天，从此
成为一枚忧伤的书签
戎衣和华衮一起淋透一场春雨
离别的泪水溢出酒杯
与哭泣无关

大漠无垠
无数故人，成为永远

千佛洞

清晨，当第一缕阳光越过低缓的三危山顶
宕泉河谷里流淌着澄澈的膜拜与忏悔

山壁上古老的洞窟如微眯的眼睛

看破了,来来往往无数的红尘丽影

满载绸缎和茶叶的驼队一路向西
春去秋来,驼峰上萦绕着飘渺的佛音

一处灵魂的驿站,绵延千载
安放过无数缤纷疲惫的心灵

喧嚣与呼号,重叠于斑斓的洞壁
一排笛孔,溢出千年前救赎的经声

飞 天

青春,在砂砾岩洞壁上寂寞地盛开
长袖间,虔诚的种子落下
悄悄发芽
在无数双饥渴的眼睛里

长风中,裙裾飞扬
灵魂如此轻盈
在袅袅梵音中翩翩起舞
朝阳的光辉铺展于四壁

红尘欲望散落一地

云朵飞掠而过
风声并不刺耳
婀娜的身影在向往中夸张
线条流畅地穿越古今

炫目的花雨
在古老的经声中坠落
无数朱颜在明镜里自怜
有人回首
风沙万里,难阻灵魂的跋涉

奔赴家园的样子
风情万种

九层楼

风铃的声音在宕泉河谷里萦绕
飞檐上悬挂着沉甸甸的夕阳

红尘俗累在阳光下枯萎

佛陀眼里下着一场又一场绵绵的慈雨

一砖一瓦堆砌的信仰
在廊檐上瓦楞上纷纷跌落

风沙弥漫中，王朝在更迭
岁月的血腥，让悲悯之树长大

第一层楼台砌于何时？
那时的风沙如今飘落何处？

乐 僔

如何补缀一些破碎的心灵
默默地行走寻觅
念遍无数偈语
芒鞋沾染无尽的红尘
越过千年时空，窥视
一个修行者的虔诚与无助

三危山并不巍峨
宕泉河水汩汩地流着

一只雉鸟从苇丛间飞起
河谷安详而宁静
只为一次伟大的邂逅
一个灵魂被夕阳重重地撞击

从此，一茬茬斑斓的生命
随宕泉河水涨落
砂砾岩松软得生机勃勃
无数灵魂被深深地掏挖
无数妄念被硬生生击碎

一行孤寂的足迹
引来千年应和的跫音

十七号窟

那个清晨有些诡异
千年的沉寂梦魇一般坍塌

一卷一卷经文从梦中惊醒
睡眼迷离，惶恐地望着这似曾相识的末世

故事至此夭折,没有半点香火
疼痛钻进历史的缝隙

屈辱开始疯长,讳莫如深
荒漠上游荡着贪婪的眼睛

劫难在岁月的藤蔓上纠缠
一个民族的尊严在风雨如晦中凋零

祁连山之恋（组诗）

雪　线

这个季节，六角形美妙而有灵性
当所有的峰峦被雪拥抱
当一种几何形状在天地间翻舞
成为主宰，成为白色的王
我们应该感到温暖
所有的爱与幸福有了铺垫

温润的气流从东南方向吹来
跟随着初夏的阳光而来
如一位江南女子
娉娉婷婷
偌大的草原开始萌生无边的爱情
向山坡上蔓延

暖风中的山谷风情万种
灰雁、绿翅鸭如期而至
拍着青春的翅膀

一群岩羊在草原的边际奔跑
奔跑成一串省略号
生命的欢愉如此丰富而含蓄
冰川发出蓝宝石一样的光芒
端庄得像哺乳期的母亲

一条漂亮的雪线
束在祁连山柔美的腰间
草原，成为无垠的裙摆

天　马

我知道
那朵云里有一匹马
一匹不受任何羁绊
拥有一颗野心的马

它的母亲在祁连山草原上流浪
鬣鬃飘扬着期盼与不舍
仰望天空时，母亲泪如泉涌
汇成一片一片湖泊
只为留住那朵不羁的云

岩 羊

迎着风，颤抖着站立起来
世界如此陌生
母亲温暖的身体成为过去
空气中有乳汁的味道
密林深处，幽暗织成恐怖的网
雪豹正做着掠杀的美梦

面对每一个日出日落
觅食，以此回馈上苍
长出强健的肢体
打磨铁一样坚硬的足蹄
在严冬里，也拼命追逐
追逐生命的自由与奔放的爱情

危机潜伏于每一个季节
血腥的味道一直在林间草地上弥漫
周围飘忽着贪婪的目光
一些生命随风飘逝
悲剧时时上演

草原,是一座生旦净末的舞台

恣意地活着,把生命
系挂于悬崖峭壁
没有悲鸣和忧伤,尊严由此产生
人类的目光被反复撞击

翻越祁连山

从柴达木出发
追着祁连山南麓水草的味道,向北

公路盘旋如纠缠的梦幻
向往在弯曲,弯曲穿越所有的季节

狼尾草和针茅沿途守候
诱发一路的艳遇与爱情

山谷阔大而饱满,如女人的胸怀
蕃息成群的牛羊与忧伤的歌谣

拐弯,发出咯吱咯吱刺耳的响动

视线在起起伏伏，起伏中显出困顿

悬崖、坡谷、草原，数不尽的作别与重逢
我们走进河西走廊，神奇的平原

回望祁连山
造物主留下的几道巨大的划痕

河西走廊

他是祁连山的儿子
祁连山的乳汁流淌过亘古岁月

东流的黄河为他取了名字
四个方块字弥漫着原始的质朴与神秘

马家窑人带着他们的彩陶到来之前
这狭长的平原上就流传出许多传奇故事

风吹着狼尾草泛着绿油油的光芒
明净的天空，金雕盘旋出几分悠闲

某个时节，马蹄声自北向南
宁静的日子破碎，白唇鹿开始流泪

有人手持节杖，一路向西
走进茫茫沙海，寻找绿洲，寻找友谊

年轻的将军，仍在历史的星空跃马驰骋
血腥的沙场长出一片片云杉、油松和桦木

不知何时，络绎的驼铃响彻了长安
走廊的尽头落霞如飘飘忽忽的丝绸

时空深邃如长夜
我们该如何领悟平原与水的深刻

丹霞记

燃烧吧，这火焰如此纯粹
亿万年的激情涌出张掖

爱人炽热的胸膛，对你敞开
肋骨一样的山脊，坚硬灼人

正午的阳光,砂砾岩裸着身子
在马家窑彩陶上跳奔放的舞蹈

你的目光必须足够地坚韧
河流已干涸,时间被风蚀

一切斑斓的生命
终将回归大地

弱水谣

弱水三千
水底沉落着古老的星星
传说在碧波上荡漾
我们在《山海经》的文字间寻找
这条绵延万年的河流

弱水三千
一群青蛙在水滨的苇丛间跳舞
跃上马家窑陶罐的颈部
泥土之美在烈焰中凝固

线条与色块成为耀眼的永恒

弱水三千
岸边的胡杨与高山柳猜想
它会流向何方,流至何处
祁连山冰川散发出圣洁的微光
母亲心中是否充满牵挂与爱怜

弱水三千
西去的张骞曾取过"一瓢之饮"
荒漠上留下跋涉者带血的足迹
多年后,他看到芨芨草
依然在岸边高举着银白的花穗

梦幻彩陶
——参观马家窑文化遗址

洮河水静静地流淌
女人的嬉笑在桦树林间穿行
果实酸甜如粗犷恣意的爱情
采摘的女人十分壮硕
像她们豢养的猪

她们拎着陶罐打水

陶罐在岁月旋转中长大

长出婀娜的腰肢

长出圆润的腹部

长出颀长的脖颈

狗摇着尾巴在制陶作坊外叫唤

再粗粝的日子也需要一些装扮

无数的线条开始自由地飞舞

跳荡如洮河的波浪或漩涡

如狩猎男人臂膀上的肌肉，有棱有角

所有的辛劳与欢愉

被圈成一道道流畅的弧线

智慧与美丽在烈焰中涅槃

黍米做的饭食飘出粗糙的香气

星空下的平原

熊熊的篝火在燃烧

火苗上散发出鹿肉的滋味

人们围着一只陶罐的沿口跳舞

夜的底色渐渐淡去

黎明在火光与喧闹中悄悄走近

致敕勒川(组诗)

致敕勒川

大青山下,水草丰美
歌谣也生长得蓬蓬勃勃

清晨,太阳升起的时候
忧伤的长调即从马背上缓缓飘起

羊群的目光水灵灵的
蒲公英的种子随歌声落到爱人的心头

那歌声会悠长地攀上大青山顶
回首望去,无垠的风吹草低

歌谣里挤满了幸福的悲伤
历史的深处传来苍苍茫茫的回音

青色的城

赶在太阳升起之前
我去呼和浩特的郊外
在晨曦中回望
草原上,这座"青色的城"

初升的太阳如此耀眼
撩开如烟如雾的偌大的面纱
你的美
让我的心头为之一颤

大青山如一位端坐着的慈爱的母亲
张开宏阔的臂膀
用最丰美的乳汁滋养你
历经千年岁月
长出满城的人间烟火

羊群在远处的草甸子上飘动
赵长城在晨风中显得沧桑而肃穆
刹那间,我似乎领悟了草原的博大与隐忍

我将记住这个北国的早晨
记住这座"青色的城"

淖 尔
——草原之泪

溪流在草甸子上画了几个巨大的问号
在此处停留,沉思
长生天那样肃穆
牧人心中,并非虚幻的神祇
它清晰地映在明净的水底

千百年来,草追逐着水源
奉献爱情
牛羊追逐着草
像云朵在北方的天空跋涉
生命的艰难与快乐,被风裹挟
在马蹄声中得到悲伤的演绎

牧人唱着低沉绵长的歌谣
歌声从蘑菇般的毡房上滑落
雄鹰的身影

被孤独地刻在云朵之上

淖尔——草原之泪

沙漠因你的悲悯得到救赎

长生天啊

这荒芜的北国

一滴泪水

滋养了一众勃发的生命

青 冢

风在草尖上无声地飘忽

不是传说

不是游客心头，一刹那的惆怅

不是无垠的草原，你无尽的眺望

琵琶声铮铮钑钑

在大青山南麓

在阳光与和风中穿越

绵延的车马之声渐远

喧嚣裹挟着一位远嫁姑娘

泣血的眼眸

她用剩下的三根弦

奏完了自己凄美的人生之歌

千年风霜，掩不住

她的泪痕

她的叹息

她悲欣的容颜……

套 马

草原上的每一缕风都是自由的

马的青春也是如此

我羡慕那些风中飞扬的鬃鬣

自由的蹄声，天纵而快乐

夏天，各式花朵毫无顾忌地爱着

草原如此坦荡

告诉你青春永驻的秘密

那青青的牧草也如此自由，让我顿生心酸

没有羁绊的生命

会开出无限的美艳

那匹渐显英俊的马驹,立在黄昏里
我开始为它祈祷

一种疼痛似乎与生俱来
尴尬一直在生命的深处潜滋暗长
草原无边的恩赐与怂恿
在某一个清晨被无情地征服并摧毁

永远的敖包

用心仪的石块堆垒
用虔诚的祈祷与膜拜堆垒
默念长生天,垒成神的家园
五色的神幡在黄昏的风中翻舞
招引着草原神秘的斑斓

每块石头都曾被善良与坚韧打磨
星空下显出温馨的灵光
石头在千年风雨晨昏中生长
羊群、马群飘得再远
也能找到散发着马奶酒香气的家园

流浪的、漂泊的、跋涉的
将合十的双手高举过蒙垢的头顶
冥冥之中
清亮的泉水渗进荒芜的心田
爱情有时也在此停驻
晚霞燃烧成了无边的海誓山盟

空旷无垠的草原上
这一堆石头，突兀耀眼
我在一个秋天的薄暮路过
虔诚地垒上了一块我的心愿

长　调

这沧桑的旋律
从马背上顺风飘过
从星星般的蒙古包上飘过
从大青山南麓柔缓的坡面上飘过
从无边的草原，粼粼的绿波上飘过
从牧羊姑娘的眉眼上、发梢上飘过

在《史记》与《汉书》的字里行间萦绕

在倾颓的古长城遗址上萦绕

在孤寂的成吉思汗陵寝上空萦绕

在逐着水草迁徙的羊群、马群间萦绕

在被践踏了千百年依然蓬蓬勃勃的草尖上萦绕

这苍哑的喉音

从牧马汉子岩石般的胸腔涌出

汇成草原上千回百转的清澈的河流

与马头琴烈火般地相爱

由此烙上,一个民族血脉的印记

这声音被马头琴粗重的弦声应和

在千年时空里绵延,呜呜咽咽

随风而逝的大汗

弯刀在马背上跳舞

漫天烟尘,掠过辽阔的草原

掠过起起伏伏无边的亚欧大陆

无数生命,在绵延的征战中蓬蓬勃勃

在刀光剑影中,枯萎零落

马蹄声回荡于天宇

夜幕降临，女人忧伤地唱着天似穹庐
熊熊的篝火映照着俊俏的脸庞
迷离的醉眼生长出无尽的渴望
渴望，那个粗重喘息着的汉子
豪饮一壶浓烈的马奶酒
揽着她柔软的腰肢，沉入无边的夜色

这千年的夜色浓稠得让你灵魂战栗
夜风也难以吹散无边的血腥
羊群、毡房在安详的梦乡里
梦见水草丰美的故土
一个平静的黎明悄然降临
.
无法领略那马背上千年的恩怨情仇
草原在无数次枯荣中走向成熟
那个杀伐万里的汉子
早已随风而逝
夜空下，旷野上
是谁还在吟唱，岁月茫茫的悲歌

黄山拾趣（组诗）

飞来石

流言在阴影里
轻信与盲从成为时光的箭镞
坚守的真相
易碎
人们并不在意那一地的琐屑
落叶飞旋
委屈的泪水从风中流出

无数次的辩白
在朝朝暮暮的雾气中升腾
在正午的阳光下散开
一只山鸡飞下峡谷
它想告诉人们一些简单的事实
哲人一般的松树
洞悉一切，但是
沉默

我不是飞来的
是它们都飞走了

始信峰

云雾掩埋了一切
大海的深邃
让庸常者止步

石头被岁月撞击
被风雨洗涤
容颜在疼痛中涅槃

飞鸟来过,又飞走了
樵夫来过
仅仅发现了几株平凡的药草

直到有一天,夕阳如燃烧的火炬
你撞痛了一双慧眼
倾慕者的屐痕
成为你第一枚印信

那只猴子

在孤独中守望
浪涛汹涌着无边的寂寞

涛声沾湿了双眼
岁月绵绵,期盼在石头上生根

故事有许多种版本
哪一页,画着你寻觅的白帆

执着的箭,射穿千万年时空
丰碑是坚守开出的花朵

你痴痴地看着云海
松枝上,小松鼠困惑地看着你

鲫鱼背

梦
在云海上飘浮

视线划过风
划过向往与期待的波纹

哪一朵浪花
因你的尾鳍而飞升
每一次腾跃
如闪电,击穿浩荡的云雾
无数的游人,在寻找
你的身影
隐匿在哪一朵浪花下面

天都风疾
众仙的盛宴已散
我的好奇,在人间
在陡峭的石阶上
一级一级生长

我,来了
这一刻
你可千万别动

第三辑 鲸落

鲸 落

没有羁绊的流浪,至此停止
一生的浪漫与忧郁开始沉淀
涛声化着挽歌,夕阳下
太平洋是一座偌大的坟场

盛宴即将开始
哭泣之声被尘世的喧嚣淹没
食客们寻着死亡的味道而来
繁华在衰落中再次盛开

太平洋的深邃
让故事在昏暗中继续
精彩如夜空中纷呈的礼花
尸体上到处是快乐的呻吟

藤壶们开始产生恐惧
开始回首逍遥自在的往昔
想念浪花
想念穿透海水的剑一般的阳光

罪与罚的藤蔓在疯长
如往昔的辉煌
如后辈们悲伤的眼神
浪花带走一切的疼痛与遗憾

青春季节,曾经
吟唱过落红与病树
记不清在哪一圈年轮上
有过狂妄的眺望

无数次的掠杀
催生傲慢而荣耀的花朵
夕阳西坠,最后的温柔
融进无边的黑暗

死亡,是一个神奇故事的开始

永 远

和二疤子一起寻猪草
我们很不专心
那时天气很正常,夕阳很美
没有家庭作业
没有高考
没有杂七杂八的补课班

我们坐在田埂上
用小镰刀指着县城的方向
县城应该在一个"永远"的地方
我们没去过县城
那个上午,瘸子老师
教给我们"永远"这个词
我们不知道"永远"有多远
瘸子老师也不知道

邮递员老陈骑自行车经过
车子绿色的,人也是绿色的
铃声一响
把大姑娘小媳妇的眼珠子勾出来

老陈后来出了车祸
我们看不到老陈了
我们看不到那辆绿色自行车了
二疤子，说
我永远也不学自行车

我和二疤子想的不同
我想，"永远"既是时间的又是空间的
就像我们没去过的县城
它在一个"永远"的地方
就像父亲母亲永远在田地里披星戴月地劳作
我在油灯下，等他们归来

多少年之后，我来到"永远"的县城工作
父亲母亲则永远地埋在了他们劳作的那方田地

二疤子进城看我
脖子上挂着金链子
开的是奔驰车
兄弟们喝几杯淡酒
说起寻猪草
说起瘸子老师
说起绿色的老陈和他绿色的自行车

说起"永远"
二疤子猛干一杯,说
他娘的,永远,有时很远
有时,不远

幸福,是可以确认的……

一棵丑巴巴的月季,立着
整个冬天,都立着
春风里,几颗不起眼的蓓蕾依次开放
一朵比一朵幸福

一只叫久久的狗狗,随主人散步
在一棵海棠树下,痛快地撒尿
将幸福挂在尾巴上
摇来摇去

邻居老张蹬一天三轮,夕阳下
老嫂子备下一碟熏烧肉一壶大麦酒
幸福从他的舌尖开始
蔓延到眼角眉梢

我的诗篇,大多生长于养育我的里下河平原
寂静孤独的深夜
我总能幸福地找到
那苦苦追寻的下一句

六月一日

这是一个无比柔软的日子
如母亲丰硕的乳房
我望着没有星月的天空,祈祷
母亲乳汁般的甘霖
洒向一些饥渴的土地

星星的微光
被厚厚的云层吞噬
我想象着约旦河、加沙的夜空
是否会和我此刻的内心一样沮丧

孩童被枪弹击穿
那惊恐绝望的眼神
击穿,我的心灵
我的诅咒和期盼苍白无力
唯有泪眼,与母亲一样

我知道
今天的阳光会与往常一样灿烂
我们会被无数柔软的花朵簇拥

身边如此温馨,但心头
有一丝挥之不去的遥远的疼痛

2024年6月1日夜

致十八岁

想在你十八岁的春天
开一扇窗户,能看见
未来的岁月,快乐和忧伤
能看见爱情
心爱的姑娘,打着伞
在你的手背上行走

十八岁的春天
像浇过粪肥的秧草
洋溢着你手足无措的蓬勃
玫瑰的蓓蕾在风中晃动
诱饵
遮掩着带刺的放纵

会有一些无眠的夜晚
被蛛丝萦绕,莫名的冲动
在梦乡里乱窜
你开始顶撞父亲
开始做一些离经叛道的事件
开始一个人发呆

对着天空傻笑

一日三餐都是梦想
不相信,从未谋面的大海
有多么辽阔
你目空一切地打量着这个世界
渴望以风为马
为一朵白云,仗剑而行

十八岁的剧场,宏大
孩子,要警惕
我年轻过,你
刚开始

草地上的椅子

此刻,夕阳如慢板一样柔缓
慵懒的骨架被拉伸,似乎有咯吱咯吱的响动
疼痛与欢乐
在草地上铺陈

绿茵茵的草地啊,知道吗
它的孤独,如即将降临的长夜
连绵的雨季,久违的太阳
在你的怀抱里
它孤独着,忧郁着

曾经,有过风和日丽
收藏了那么多的秘密,美好的秘密
那些娇嗔的表白
那些海誓山盟,甜言蜜语
那些倾诉和嘱托
那些自言自语,喃喃的……

感恩吧,风雨已过
挽着手的情侣再次走进夕阳

晚风拂去了它心头的雾霾

暮色中，悄悄地

它又融入，这纷繁美好的尘世

减 肥

一丛灌木疯长
贫瘠的土地上,岁月臃肿
傲慢与放纵挤满所有的日子
欲望之花开放,无所顾忌

追求,像黑压压的云层
阳光被压弯
生活的步履蹒跚
贪婪的列车载着我们飞奔

喘息,从太阳升起开始
荣誉与财富是扇动的翅膀
晚霞映红天边
映照出虚伪的笑脸

站台上,有人小声讨论
说,"简单"离快乐最近

斑　马

夜与昼在东非的大草原上滚动
光影中的斑马简洁而纯粹
大峡谷让许多事物断裂
断裂成黑与白

爱情
在旱季里萌动
在雨季里泛滥
一些卑微的标签与生俱来
想挣脱的，想拥有的
都潜藏于浩荡的大草原的腹中
茂盛的茎叶让肌肉跃然
让你心生爱意，让你敬畏

风中
飘着狮子和鬣狗游移的气息
飘着猎豹饥饿的目光
斑马的快乐也在风中飘着
没有恐惧与忧伤，昂扬招展
如一面面条纹鲜艳的旗帜

白天的白

那时,胖子和我都很年轻
二两稀饭,两个馒头
可以让思想疯长
我们谈柏拉图,卡夫卡,艾略特
谈椅子,荒原,戈多,格里高尔
谈睢鸠鸟在沙洲上如何地挑逗叫唤
谈天问,婵娟

胖子说,婵娟
是一个让男孩们浮想联翩的名字

胖子喜欢班上一位白净的女生
这是班里公开的秘密
胖子整天在女孩身边转悠
揣一本《变形记》
似乎想变成甲壳虫钻进女孩的发梢
他夸女孩,皮肤真白
像晴朗的白天一样白

讲过这句经典的爱情语录

胖子如释重负
当晚，我们在啤酒的泡沫中度过
那个年月
我们把爱情
演绎得纯真而滑稽

端　午

这个季节，氤氲而潮湿
一些灵魂发霉，能拧出水来

而另一些灵魂，因高贵而疼痛
一些求索，成为绝唱

箬叶拥着米粒
像母亲抱着一尘不染的婴孩

汨罗江水，滔滔不息
还有谁，在此且行且吟？

两千三百年来，我们一直虚伪地
嗅着，一位诗人的清香

黑　茶

春天里，枝头绽出一点点绿色
春风也不知道这故事如何结尾

岁月一天天延伸
你的青翠如此妖娆

被倾慕，被追求，是自然的
被践踏，被蹂躏，也由不得自己

今生和来世，都已预设
一切的生命，难以诠释生命的一切

许多年后，你面目全非
方才透出一缕醇厚的香气

残 荷

以一种矜持的姿态，死去
无数同伴，摇动着灵幡
并不喧嚣的一生，值得回忆
那些逝去的
宁静，是刻在水上的影子
雨声依然清脆，其实
被深爱过，就足够了
摇曳多姿的青春，芬芳的日子
在生命的尽头
都已沉没于时光的水底

以一种矜持的姿态，死去
没有叹息
只以枯槁的臂膀紧挽着
泥土深处的来世

孤　雁

这个季节
我听到云在夜空中叹息
星星遥远，渐冷的风
往南方赶，发出金属般的声响

与风同行的，是各种各样的鸟
各式各样的翅膀，告诉我
所有活着的，都必须得到尊重
像尊重一串女贞树的果子

这个季节让一切生命蛰伏
天幕低垂而凝重，能飞的
譬如芦花，也在翻飞
从寂寞跌进无边的寂寞

一只孤雁闯进黯淡的晚霞
鸣声揣着一串忧伤
它用执着的翅膀宣誓，会回来的
在春花盛开的时候

小　寒

拒绝一切爱与温暖
日子一天天严肃起来
把一段岁月贮藏进冰柜
似乎，不难

风在麦子地里撒野
茅草，在干涸的沟渠里张望
此时的平原，一点也不张扬
更像，隐忍一生的母亲

村子里，偶尔一声闷响
爆苞米花的
这是当下刻板的日子里
最激动人心的事情

湖荡边的夜色

月亮在薄云间穿行
少年的梦伴着几颗星星,散落
散落在
这浅浅的湖荡里

不需要,星月万里的空洞
只要这一小片湖荡
这一小片清澈的夜色,足以
装下无边的蛙声
装下亲人们劳碌的喘息

萤火虫,在莲叶间飘忽
燃烧又熄灭
夜风中,一丛一丛的芦苇
窃窃私语

在黑魆魆,依稀可辨的湖岸上
在湖荡的柔波上
在翠生生的苇叶上
许多莫名的向往,产生

将 来

把所有的过去，捋一捋
按课本上的方法，推算
未知，像一片片零乱的落叶
将来……未来

知识在书本里一页一页地繁殖
大脑的沟回，被迫弯弯曲曲

月光洒遍所有曾经的日子
我的渴望，被冰冷地拒绝

一个小学生用"将来"造句
所有的启发与暗示，被忽略，被蔑视

将来，是一叶小小的风筝
在你心的天空，飘来飘去……

期待一场雪

其实,那场雪在我心头下了很久
无数片云在暗示
那场雪降临之前,必须忍耐
咀嚼并咽下所有的思念
等待,等待,一直到发如雪

时间丈量着生命
拿什么来丈量我的灵魂
又拿什么来丈量我的期盼
那场洁白的雪会来吗?
会不会像
昨夜梦中,款款而至的你

如果生命是一潭死水
我宁愿干涸
像亿万年前的一只三叶虫
把挣扎的苦痛与快乐
刻在石头上,清晰地告诉你
我曾经多么坚韧

其实,那场雪在我的心头下了很久

我相信,终有一天

漫天的洁白

将我,连同这尘世

一起掩埋

嗅 雨

这时节,雨是家常便饭
尽管,它不能当饭吃

整整一个雨季
她关上窗户,嗅雨
每天,她在心中
升起一颗属于自己的
太阳

雨打芭蕉,太陈旧了
那种杂乱的声音,让她
在等待中,心生烦恼

她等一个人的归来
湿漉漉的,带着一身雨的味道归来

他的发梢挂着一串一串雨珠
如同当年,他们在雨中相见
雨的味道,让他们一见倾心

整整一个雨季
她关上窗户,嗅雨
雨的味道与当年一样

那个人也许明天归来
也许永不归来

一滴水,舞动一个季节

七月流火
平原的心脏随季节一起跳动
此刻的里下河,滚烫的
视线与热风撞击

一排排高大的水杉树
顶着阳光
与庄稼人肩并肩
站成夏日里耀眼的风景
蓝天高远,知了焦躁地叫着
呼唤远方的流云
远方的风

旅途的困乏随汗水滴落
燥热让弥望的稻子蓬蓬勃勃
满藤的豇豆,长成阳光的样子
我想寻找,七月
平原俊俏的侧影

一柄荷叶高擎出水面

一粒水珠,在叶面上晶莹地跳舞
清凉,掠过心头
一个季节,瞬间摇曳多姿

施家桥[1]的星空

喘息，来自灵魂的缝隙
一个落魄者，至此驻足
在太阳跌落西天之后
在梦想被汹涌的暮色淹没之后
他的姓氏成为一个村庄的名字

可以倾诉的人，随风四散
沮丧与疼痛成为伴侣
掠过一汪一汪的水泊
河流一条比一条显得温柔
僻远与荒芜，成为灵魂的港湾

晚风中，薄酒浇不灭
一支火把，在心头的舞蹈
岁月的封面，风轻云淡
砚池里，墨浪
在暗淡的烛光中呼啸

---

[1] 施家桥，《水浒传》作者施耐庵的故乡，属江苏省兴化市新垛镇。

当第一位好汉
从星空跃到纸上
施家桥的陋巷深处
故事,像藤蔓一样生长
英雄是次第结出的瓜果

我相信,施家桥的星空
他仰望了无数次
天罡地煞都惹了人间爱恨
好汉们英气勃勃,依次
走进纷繁的尘世

静夜读诗

繁星满天
骰子、筹码、香槟的气息在风中飘动

不经意间,走到一幅画的背面
沮丧说来就来

阳光灿烂的时候
孤独,在嘈杂的人群中穿行

只能在黑夜,随手
翻开一本诗集,与久违的"我"聊天

调节灯光,如同摘一颗星星
此刻,生活不再零乱不再刺眼

我在心的深处搭一座舞台
朦胧中,邀请那些矜持的诗句,跳舞

过射阳（组诗）

黄沙港的早晨

黎明前
大海静悄悄的
绵延的海岸线上
黄沙港如一眼圆润的笛孔
你听
每一阵海风拂过
会响起缕缕温馨的晨曲

这片沃土，是大海的儿子
古老的颜色
如同我们的皮肤
黄沙河，利民河，运棉河
在广袤的土地上奔涌
至黄沙港汇合
像三个远道而来的看海的孩子

海有多广阔

射阳人的胸怀就有多广阔
黄沙港
从无到有,从小到大
智慧与汗水浇灌着
他长成了一个健壮的小伙子

海天寥廓
当第一抹晨曦初现
黄沙港张开年轻的臂膀
拥抱崭新的一天
阳光,海风,金色的波浪
还有无尽的梦想和憧憬……

蚕
——参观射阳蚕桑田园感怀

能不能让生命纯洁一些
从第一次蠕动黑蚁般瘦弱的躯体
从第一丝桑叶汁液穿过咽喉
它这样想

疼痛是一切追求的影子

选择在疼痛中前行
它所有的胸足、腹足、尾足
都带着一分坚毅
当一个崭新的自我
在一次一次疼痛过后
一节一节
从旧的蚕衣中艰难爬出
回首自己通体晶莹雪白的光泽
因疼痛而扭曲的脸上
露出无限的欣慰

它开始营造属于自己的宫殿
像我们身边那些成功人士一样
骄傲与满足包裹着
安然入眠
一切沉寂而安详

然而,故事尚未结束
奇迹,发生在一个早晨
它从酣睡中惊醒
毅然撕开自己织就的旧梦
要来一次突围
它渴望一次远行

哪怕不能飞翔
也要生出一双稚拙的翅膀

生命
在一场轰轰烈烈的爱情中结束
它把命运的密码
以及对爱和奉献的诠释
刻在后代的衣襟上
走了,没有任何遗憾
那些风中飘扬的裙袂
是它漂亮的墓志铭

菊之王者
——参观射阳洋马镇菊海

选在这个季节遇见
选在第一场薄霜融化之后

错过了春天无数妩媚的标签
一路奔赴,只为一种命运的约定

在枯萎与凋零中坚守

不为惊艳，不为灼伤远道而来的目光

丰收，何必限于纷繁的五谷
你的金黄，丰富了这个季节的内涵

你将老去
你将在另一种场景下盛开重生

金丝皇菊
海雨天风中的菊之王者

惆怅的鹤影
——参观丹顶鹤繁殖保护基地

曾经，生命之美在迁徙中延展
一路振翅
成为绵延千里的传奇
歌声响彻长空
羽毛划过云朵
每一声吟哦，都是
生命与大自然的默契

扎龙的苇草,成为
遥远的记忆
祖先们的足迹早已淹没
追逐阳光和爱情
在尘世无尽的苟且中,寻觅
寻觅一往情深的忠贞

一个女孩
将年轻的生命奉上祭台
只为在这南国滨海的湿地
留住你的倩影
她的故事,至今仍在
无垠的苇尖上流传

丽日和风
你蜷起一只脚,引颈向天
迁徙,从此画上句号
你成了浩渺苇浪上
优雅的主人

从你的眼中,我读到
一丝慵懒和惆怅
我的心头也漾起一缕莫名的忧伤

凝固的风

那一天,他背上打工的行囊
风一样飘出家门
女人使劲地挥挥手
寂寞与思念
从此挂上暗淡的墙壁

婚纱照,在同一个方向
让她的目光反复疲惫
思念的灰尘
总是擦拭不尽
牵挂在心头结成敏感的蛛网

门前的凌霄花,越攀越高
只为看到那个远行的背影
窗外,陌生的风匆匆而过
深情的眼睛
流出一行行无奈的孤独

夕阳,每天如期而至
暮色中,思念的潮水涨起

她想象着，有一阵风从他的身边吹来
在她的眼前凝固
她会忘情地揽他入怀

目击秋天

并非不速之客
七月，一场雷雨过后
一种预感，从心头泛起
紫色的扁豆花悄悄收敛了它的冷艳
夜露渐重，沾湿的蝉翼
开始惶急而局促地颤动

翡翠般的稻穗渐渐显出一些黄褐
低下青春的头颅
用一种成熟的姿态在风中站立
成熟的颜色
浓郁得酷似脚下的泥土

立秋那一日，气温依然酷烈
哪有一丝秋的影子
我在开着空调的书房里
望窗外郁郁葱葱的一架紫藤萝
没有半片落叶
怅然，散落一地

没有云朵的午后
阳光依然按它的速度徐徐投射到窗前
一棵女贞树,结满青色的果子
它感觉到了阳光的角度起了微妙的变化
树荫拉长了
这是当下,秋天来临的
唯一证据

第四辑 在秋天的深处独行

在秋天的深处独行

这是一个包罗万象的季节
经霜的平原,弥漫着熙熙攘攘的烟尘
所有的故事都有了完美的结尾
春天的花,在果实的记忆里继续开放
蝴蝶依然在扇动着暧昧的翅膀

这个季节,每个日子都很谦逊
所有果实都低着头
成熟,彰显着生命的重量
谦逊也是成熟结出的一枚果实
没有一种生命是空洞的
岁月至此,变得无比丰盈
所有的液汁与肉浆都裹上了坚硬的壳

成熟与凋零
挤满了季节的每一个角落
落叶在秋风中翻舞
留恋与向往一起枯萎
对青春,所有的回望与不舍
归于沉寂,归于死亡与重生

那只蟋蟀,乘着月色归来
一边振翅,一边唱着忧伤的挽歌

这是一处生命的驿站
那么多的追求与憧憬,从春天开始
簇拥着,一路奔跑
在淋透了夏日的暴雨之后
在酷烈的阳光下喘息之后
至此小憩,在霜与露中
一种新的存在
呈现生生不息的坚毅

那个午后

十字街口，小酒馆几盘土菜
朴素如老板娘青色的碎花头巾

那个午后，你将远行
我敬你，一杯一杯的豪情

你哼着春天的故事，说去寻一个梦想
我的醉眼，为你迷离

二十八个春秋，顺风而去
你追寻的，从未遇见，或许擦肩而过

你的行囊塞满惆怅
家乡的土酒，却因岁月而芬芳

今晚，我们以五味杂陈的生活下酒
分别后的月色全都融化在杯中

回想起那个午后，呷一口岁月的艰辛
抬起头，目光撞击得心痛

老　了

没有任何预告，老了
开始厌倦楼梯
开始喜欢一级一级地慢慢蠕动
身体，让喘息不动声色

钟情于血色的黄昏
看夕阳下，微风中
飘忽着一对对牵手的情侣
慢慢咀嚼一块酥烂的软骨
牙齿回忆着曾经的青春
所有的岁月不再坚硬

白发，在四季的风中
飘成同一种，轻轻地喟叹
一下子原谅了那么多曾经的冬天
一下子明白了那么多的温馨
都是在冬天里贮藏起来的

偶尔，会在草坪上
选一张椅子

把自己坐成一座涂满夕阳的铜像
平静地想
一条河流，曾经奔腾向海
现在流向内陆

诵经的母亲

母亲晚年时信佛
她年轻时就信佛
中年时也信佛
善根扎在她的心田
很久很深

母亲不识字,冬闲时
在故乡的寺庙学诵经文
暮鼓晨钟无尽
她竟然学会了念《心经》

母亲懂那些经文吗?
不懂
她真的不懂吗?
她懂

在平静的徐缓的诵经声中
一生悲苦的母亲
所有的伤口
痊愈

病中的母亲

石英钟上的数字,越来越大
母亲的时间却越来越少

母亲躺在病床上,安详地看着夕阳下山
她在盼,明天太阳还会照常升起

健康时,母亲总是朗声说,不怕那一刻
我怕啊,我知道她说的"那一刻"是哪"一刻"

母亲已不能下床行走,我只能
在梦里搀扶着她,走进春日暖阳

母亲的泪,流过她满是皱纹的沧桑的脸
我的泪,流进我紧揪的心

母亲留下的……

母亲走的时候
一脸无助,两眼泪水
一晃六年过去了
母亲留下了些什么呢

一栋临河的老房子
一个老式的衣柜,空着
多少年她都舍不得扔的针线盒
一台陈旧的电视机
还有教了多少遍,她才会使用的遥控器
她用过的锅碗瓢盆,一把黄铜的勺子
她供奉的佛像,还有佛像前的香炉
她使过的镰刀,已经锈得不成样子
她双手合十的一帧照片
……

她侍弄过的几盆花草
依然青翠
我取了一盆玉树
(现在长得可高了)

很是神奇，随便剪下一根枝叶
扦插下去，总能蓬蓬勃勃

母亲还留下了些什么呢？

留下了我们兄弟仨
她含辛茹苦拉扯大的
留下了她的善良和仁厚
在我们的血管里奔涌

故乡的庙宇

在村庄的边缘
简陋的经声时高时低
没有菩提树的时光
佛的慈颜
在晚风中飞升

一些念想会成为果实
母亲的采摘，装点了
贫瘠的生活
供奉于佛前的
是剥开的，内心的期盼
是无须迎接，必将到来的明天

这些朴素的庙宇
在平原上并不孤独
岁月的年轮在香烟缭绕中盘旋
庄稼人的一些疼痛
被无声地抚慰

在乡村，所有的日子

都有敬畏的种子在发芽
众生的膜拜,穿透四季
雪地上,一溜脚印
依然通往清晨寂静的佛殿

冬闲·随修

冬日的阳光
在平原上缓缓地移动
起早贪黑的劳碌从日子里隐去
稻谷,在谷仓里冬眠
庄稼人的铜嘴烟斗
开始燃烧一些难得的悠闲

平原,终于安静下来了
生命开始呈现一些本色
短暂与简陋成为醒目的标签
如同冬日的白昼
如同一只灰麻雀的短小尾翼
在冬日的黄昏里跳跃

生活的状态有些异样
庄稼人陆续走进寺院
诵经的声浪
开始在寒风中远播
夹杂着许多羞涩与陌生
平原的严冬
平添了几分安详

小 庙

村子的东南,一座小庙
简陋得有点寒酸,但是
佛陀的目光照样能洞穿人心

寒来暑往
母亲每日去庙里焚香
承受,洒向村庄的第一缕阳光
吹向村庄的第一缕风
一直到生命的尽头

简陋的小庙
母亲虔诚礼佛的样子
让我敬畏
心痛

守 岁

窗外，烟花划破夜色
三百六十五个日子瞬间陈旧
散落成记忆中疲惫的光点
岁月像一沓揉皱的信笺
写满了四季的琐碎

我把自己蜷曲于时间的角落
与这长夜对峙
在过去与未来之间
守着一座让我孤独的城市

父母的面容，沧桑如墙壁
往昔慈祥的微笑，被霜覆盖
香烟缭绕之中，不由自主地
我点燃内心深处的疼痛
一次又一次

爆竹声在遥远的乡野回荡
生活的跫音在夜风中潜行
我忽然想起儿时在谷草垛里酣眠
在梦中，一边奔跑一边呼喊……

忌 讳

除夕,奶奶炒了一罐蚕豆
让春节稍稍显出了一点奢侈
亲友邻居拜年了
奶奶便抓一把
答谢他们"恭喜发财"之类的祝福
大年初二,我指着瓦罐大喊
"空了,空了"
奶奶惶急地摆手制止
"傻孩子,要说满了,满了"

多年后我才懂,我犯忌了
在那样的年月
平原上的庄稼人定义不了自己的日子
只能用吉祥的字眼,遮掩
生活的辛酸

一粒沙子的传奇

一声巨响,很大的声响
一部分山,从山的侧面挣脱下来

泥石流在重塑地表
在无数次的撞击和疼痛中,它获得自由

卑微而渺小,一粒沙子
其实,它有一些不切实际的追求

大楼耸立到第十层的时候
一位粗心的瓦工,让它又跌落到地面

于是,它在风中,跳舞唱歌
无人喝彩

在扣动扳机的一刹那
它撞进了猎人的眼睛

一只幼鹿遁入灌木
留下轻快美丽的身影

爱

为了安放好一个字眼
把海誓山盟说尽了
把梦做尽了
把泪流尽了
把无数不眠的夜耗尽了

为了安放好一个字眼
把自己碾碎了
把安宁的家碾碎了
把一个无辜的人碾碎了
把一群相干或不相干的人碾碎了

幸福多么脆弱
我们多么愚蠢啊!
但是……

表　白

其实,没有什么难以启齿的
就像一棵月季
为了开出五颜六色的花朵
会忍痛撕裂自己的身体
让另一个身体进入,水乳交融

晚霞,难以兑现对早晨的承诺
一整天,许多天
我们沉默不语
月色,在我们的
眉眼上凝成露,凝成霜
月亮在柳梢,着急徘徊

揣着贫瘠的童年,走南闯北
山川无尽,隔断
我的眺望,我的牵挂
岁月加给我所有的创伤
被童年治愈
故乡,那棵孤独的苦楝树
是我心头一柄永远的伞

其实，没有什么难以启齿的
我只是想说，一个游子
对这尘世的无奈和忧伤
想说，哪怕是一只流浪的猫
我也会报以善良
无限的温柔

大士禅林

清澈的小河,一路东流
留驻日月星辰
睡莲花开出一片空灵
风中荡漾阵阵禅意

大士禅林端坐于北岸
佛陀的目光越过河流
洒向烟火人间
沙沟镇,古老得熙熙攘攘

一座沧桑的石桥
度众生于菩提树下
木鱼之声断续
萦绕数百年风雨晨昏

经幡搅动香烟,飞升
轻轻地,光影浮动
蒙垢的灵魂在此徘徊
忏悔与祈祷在此拥堵

独 处

寂寞,独处催生的花朵

你的内心多澎湃,你就多寂寞

许多的故人

许多的故事,已发生的将发生的

赶集一样到来

包括我

难以入眠的长夜

辗转反侧

像翻书一样翻着自己

翻着过去和后来

有一页上,记着我们的曾经

举杯,为今夜无眠

为亲人,活着的,死去的

为朋友,身边的,远方的

为荡漾的月色

为摇曳的灯影

流下澄澈的猩红的泪水

是谁,赠与你
一枝孤独的玫瑰

女人花

稀疏斑白的头发
芦穗一般在冬日的风中飘曳
看不出太多的沧桑
无数平淡的日子随风而逝
褶皱间沉积着生活的尘垢
暖阳下，你的笑容显出难得一见的灿烂
有几分当初的痕迹
一直在风中行走，陈旧的关节
发出咯吱咯吱的响动
澄澈的目光变得浑浊而深邃
那是岁月的砥砺，或者恩惠
一声轻轻的惋叹
让剩余的未来步步逼近

逝去的不可重来
我不忍心触碰一些敏感的词语
只是静静地看着
你慢慢凋谢
我慢慢心碎

祈 祷
——"六一"节献给特殊教育学校的孩子们

风,带走了花的缤纷
带走了夹竹桃枝头上,小鸟的鸣叫
呜呜呀呀的发音,划过心灵
稚嫩的脸,长满灿烂的荒芜

造物主,如此草率
只让半片叶瓣,钻出泥土
忧伤的露珠
滚过母亲无助的脸颊

这个角落,青春在坚守着
寂寞,生命之旅
在泪光中延伸
我追问
爱,可以补缀那些破碎的生命吗?

孩子,给你们唱支歌吧
就唱,丑巴巴的野芦花
冬日的坚韧

上方寺的晨课

低沉含混的声音
撩开夜的帷幕
渐渐地，黑暗被擦洗干净
许多星星跌落
在一些空寂的心灵暂住

经声在湖面上延伸
一只白鹭，迅疾地
叼起一条小鱼，挣扎着
身披万道霞光
收获的喜悦与残酷
在风中，在水面上散开

早起的香客
迎着经声徐行而至
应着木鱼的节奏
如溯流而上的执着的鱼
日复一日的吟诵
让一些心灵蒙上厚厚的包浆

夙　愿

我只要一小片天空
一小片，明净的天空
安置我心中的几颗星星
我的目光会被撕扯
会有遥远的疼痛袭来
但我满足

许多人向往高山大海
这很好，我也曾经如此
冲动与狂妄像野草一样疯长
一些高尚的言辞形成保护色
空虚，在日记里
被堂皇地写成了拼搏

事物长成本来的样子，最美
这是我喜欢一些灌木的理由

当欲望的潮水日日涌起
当欲望钻进了生命所有的缝隙

我拒绝

我只要一小片天空

安置我心中深爱的几颗星星

相　信

相信，存在爱情
一朵云追逐着另一朵云
洒下晶莹的雨

相信，存在高尚
一只苹果，在上甘岭的坑道里
被一群负伤的战士反复传递

相信，一种友情叫刎颈之交
信义的重量
有时超过头颅

相信，殉道者一直在跋涉
一只羚羊踩着另一只羚羊的脊背
划出生命绚烂的彩虹

相信，我的倾诉你不会无动于衷
我们的灵魂
会长出隐形的翅膀

选 择

如果，生活在停顿与继续之间摇晃
你，怎样选择

烦恼在疯长
答案，迷惘得五颜六色

青蛙，甩掉尾巴长大
壁虎，甩掉尾巴重生

选择，是你活着的犹豫不决的面纱
请舍弃那些若隐若现的存在吧

高速公路闪掠而过的，不是风景
是一块块路牌

站在夏天的边上

夏天说来就来
少年的梦想胀鼓鼓的
在牛背上
揣住热风奔跑

平原沉稳得像山
像面朝黄土背朝天劳作的父亲
生命在泥土深处涌动
在这个季节
所有的希望都长得有棱有角

麦子在枯黄中摇晃
满足与憔悴都写在脸上
阳光捶打豌豆
坚硬,是成熟最初的乳名

少年稚嫩的骨骼,在夜风中
发出声响
如果我不成长

将愧对母亲的乳汁和这澎湃的夏天

平原的夏夜
到处都有雄心勃勃的梦呓

挣 脱

记忆像蛛网一样萦绕
村口,两株瘦小的向日葵
望着圆润的夕阳,坠落
那时的地平线,蕴藏着巨大的诱惑

时光无声地流逝,我们
像向日葵一样,嗞嗞地生长
长出胡须,长出喉结
长出臂膀上,棱角分明的腱子肉
长出满腹狂放的心思
想挣脱,挣脱这
如今深爱着的古老的村庄

我们像断线的风筝,狂奔
享受蓝天白云,享受风雨
在风雨中坠落,坠落又飘起
四十年的风景
如此残破,残破而美丽

往事,像一簇迟开的野菊花

在这个冬日的黄昏里摇曳

风从北方吹来，似乎夹杂着跫音

我斟一杯烈酒，等你

儿时的伙伴

何须风雪，只盼夜归

关于一个秋天的断想
——为苏州大学毕业四十周年聚会而作

那个秋天,
沾满故乡尘土的双脚
带着几许激动,踏进东吴的校园
几分陌生,几分神秘
懵懂的步态,显得亢奋而慌乱

那个秋天
我们开始做一些彩色的新奇的梦
开始在图书馆里咀嚼过去和未来
在文科楼,为理想穿上各式新潮的衣裳
楼前高大的合欢树下
有人徘徊,等待丘比特的神箭

那个秋天
一群可爱的先生们,为我们布道
不修边幅的身影
与巍峨的方塔重叠
满是粉笔灰的衣袖一挥
真理的种子,便在我们稚拙的心灵里扎根

那个秋天

宿舍的夜晚像蓬蓬勃勃的草原

牛羊在青春的梦乡里荡漾

马群在草尖上飞奔

放浪的笑谈,像茂盛的狼尾草蔓延到天边

那个秋天

我们从师兄那里学会

用铝制的饭勺敲打搪瓷饭盆

敲出青春的骚动与放纵

一抬脚,会让足球画一道弧线

钻进一个心仪女孩的梦里

那个秋天

我们尚不知道人世的艰难与辛酸

只能从先生们

脸上的风霜,额头的皱纹

读出一些今天才懂的

坎坷、无助、扭曲和疼痛

四十多年过去了

那个秋天

在我们的生命之树上
刻下了一道划痕,深深的
至今,依然无声地流淌着
无尽的忧伤与温馨

火红的石榴

多美的一棵树啊

仲夏,开花的时候
星星点点的憧憬
缀满了枝枝丫丫
那火焰燃烧一样的花朵
把心头的忧伤
把酒杯中的愤怒
把提起笔却写不出的郁闷和压抑
燃烧,燃烧成灰烬
在初秋的风里飘逝

多美的一棵树啊

浑圆的果实牢牢地挂在枝头
看着它一天天鼓胀起来
看着秋阳下
它殷红如血的成熟
它如女子分娩一般
炸裂,绽出疼痛的笑容
像人世间酸甜的爱情

一株菊花与一个清晨

选择这个季节开放
不需要任何理由
不需要与春天的那些繁花比拼
挤挤挨挨的生活
那些温暖得有些懒洋洋的世俗
你率性地挥一挥手,决然挣脱

选择一个清新的早晨
白露为霜
晨曦如染
你按自己的方式慢慢地打开自己
如打开一本纯情少女的日记
所有娇艳欲滴的隐秘
在深秋的风里飘散

让诗歌成为生活的一部分
（代后记）

2023年10月，我的第一本诗集《稻浪深处》由江苏凤凰文艺出版社出版，我开心了好一阵子。还记得从责任编辑梁雪波先生手里接过样书的时候，像抱着个刚出世的婴儿，兴奋得有点惶惑。梁先生鼓励我：这是个很好的开始，继续写下去吧。

当天晚上，我打开电脑，新建了一个文件夹，取名"从头再来"，我在心里把它当成一个"筐"。我想起了那个"黑熊掰苞米"的寓言故事，黑熊掰一个往胳肢窝里夹一个，掰一个夹一个，夹了这个丢了那个，从地头掰到地尾，胳肢窝里剩下的仅仅一个。黑熊为啥不给自己准备一只筐呢？这是个教训，我得为自己准备一只"筐"，每有所作所得，必须储存起来。时光一天天流逝，我在生活的河流里且行且思，我把生活赐予我的点点滴滴的感悟和启迪变成笔下自己喜欢的文字。不知不觉两年时间过去了，回首一望，我的"筐"里的"苞米"竟然几乎满了。不禁自我表扬一番：尚算勤勉。

为什么要写诗,这似乎确实是个问题。好多朋友问过我,别人写散文写小说,风生水起,你为什么偏偏写"这个东西"。"这个东西"一出口,我心中已经了然,言下之意,诗歌在当下喜爱的人不多,没什么人待见它。有一种流行的说法,说诗歌是一种"小众艺术"。你在写诗,别人会投以异样的目光,甚至内心咯噔一下:这人怎么啦?有这样的想法是自然的,不过在熙熙攘攘嘈嘈杂杂的当下,对于诸种文学品类,人们又真正发自内心地待见过哪一种呢?人们忙于生计,追逐财富,红尘滚滚,追星追剧追流量追短视频的太多太多,追文学的,甚少!

然而,生活离不开诗歌,对我而言离开了诗歌的生活是不够完整的。在我接受教育的人生历程中,《诗经》《楚辞》陪伴着我,唐诗宋词的光辉沐浴着我,我现在从事诗歌创作是一件自然坦然而有意义的事。

我个人的审美趣味也偏爱诗歌。语言,是人类思维的物质外壳,就我个人的阅读写作体验而言,似乎"语言"这一"人类思维的物质外壳",只有在诗歌这一文学样式中才能发出它异乎寻常的光芒。你要把你调遣的每一个字词都安放在诗句恰当的位置上,语言才会显出巨大的张力,放出异样的光彩。毕飞宇先生曾说,小说的计量单位是章节,你读小说想读出意思来,起码要一章,否则你都不知道小说写的是什么。散文的计量单位是句子,我们所读到的格言或者金句,大多来自散文。诗歌的计量单位则极其苛刻，是字。作为一个写作的人，要想真正理解语言，最好的办法是去读诗，它可以帮助你激活每一个字。毕飞宇先生的这一段论述精辟至极，细细咀嚼，感悟良多。从这个意义上说，写诗首先就是接受语言的挑战，这在精神上是一种很有意义的刺激，当你提起笔，它让你亢奋、苦恼、惊喜、愉悦。唐代诗人卢延让"莫话诗中事，诗中难更无。吟安一个字，捻断数茎须"，说的就是这种状态。这种状态是我这几年写作实践中经常体验到的。

新诗，发端于百年前的五四新文化运动，从胡适的《尝试集》和郭沫若的《女神》开始，一路蓬勃发展，名家辈出，佳作传世，成果斐然。其间当然也有种种曲折挫折，但总体而言新诗是跟随着时代脚步而前行的。及至改革开放，百花逢春，生机盎然。随着国门大开，新思潮新观念不断涌现，新诗的发展也是跌宕起伏，探索者一茬接一茬，先锋迭出，新说峰起，流派各异，莫衷一是。于我这样一个"文学老年"而言，写诗实在是一种考验。

2021年是我重新提笔创作诗歌最为困惑的一年，写作过程中经常"卡顿"。有一段时间，我总是深更半夜的把习作用微信发给一位已经蜚声文坛的老朋友看，他总是即时回复（他也是个夜猫子），"好""不好""用词太大了""诗歌切切不要讲那些道理"，他的点评简洁直率真诚，对我的启发太多了。我说，看自己写的东西，怎么总与别人写的不一样呢？他正告我：这就对了，好诗歌必须有自己独特的生命印记，你写的如果与别人写的一样了，那还要你写它干什么？

正是在这样的朋友老师的指点鼓励下，我坚持下来了，在近几年不断地探索实践中也渐渐领悟了一些创作的规律，有了几分创作的自信。

当下的诗坛异彩纷呈，良莠不齐，但我有一个真切的感受，就是喜欢诗歌的人渐渐地多起来了，这其中互联网起了很大的作用，人们在网络平台上写诗读诗评诗交流，蛮热闹的，这是一件让人欣慰的事情。人们对诗坛一些现象一些作品有热烈的争论，而且分歧非常之大，这很正常。我每每想到契诃夫的那段名言：大狗叫，小狗也要叫，就用上帝赋予它们各自的嗓子。坦率地说，新诗自五四新文化运动发端，发展至今一百多年，一些理论上的问题一直就处在探索争论之中。如何对待我们的诗歌传统？如何学习借鉴外国的诗歌发展成就和经验？晦涩是不是诗歌的本源特征？诗歌还需要押韵吗？好诗歌是不是一定要抒写所谓的"自我"？怎样抒写"自我"？诗歌如何"介入"我们当下的现实？等等，等等。但生活是一切文学作品创作的源泉，这一点对大多数创作者来说是没有异议的。就新诗创作而言充分尊重它的"自由、开放、不确定性"，这在当下也是大多数诗歌作者和读者所认同的。

我的诗歌大都取材于现实生活，现实生活是它们植根生长的无边的沃土。我尽量将笔触探入现实生活的底层，关注底层社会的生存状态，关注平平常常的烟火人间。在后街背巷，那些底层民众的喜怒哀乐、衣食住行是我眼中最有吸引力的"风景"，它们对我的创作有无穷的魅力。它是一座富矿，只要你用心挖掘，总能找到你想要的诗意宝藏。这也是我将我的这本诗集命名为《后街的风景》的原因。我始终追求让我的诗歌与现实生活越来越近，让丰富的现实生活滋养我的诗句，让我的生活也带上几分诗意。

陈义海教授、梁雪波先生分别于百忙之中为诗集作序，他们二位在诗歌创作及评论方面造诣极深，中肯的批评与指导，让我万分感激。

著名书法家、书法理论家、乡贤朱天曙先生欣然为诗集题写书名。

作家出版社的王烨先生是本书的责任编辑，他的悉心指导、严谨负责的精神给我留下了深刻的印象。

谨向他们表示真诚的感谢，同时感谢一直关注指导我的各位同行老师和读者朋友们。

以上文字，代为后记。

曹伯高

2025 年 5 月 18 日于兴化

图书在版编目（CIP）数据

后街的风景 / 曹伯高著 . -- 北京：作家出版社，2025.5. -- ISBN 978-7-5212-3313-1

I. I227

中国国家版本馆 CIP 数据核字第 2025UV4828 号

后街的风景

作　　者：曹伯高
责任编辑：王　烨
封面题字：朱天曙
装帧设计：于文妍
出版发行：作家出版社有限公司
社　　址：北京农展馆南里 10 号　　邮　　编：100125
电话传真：86-10-65067186（发行中心）
　　　　　86-10-65004079（总编室）
E-mail:zuojia@zuojia.net.cn
http://www.zuojiachubanshe.com
印　　刷：中煤（北京）印务有限公司
成品尺寸：142×210
字　　数：120 千
印　　张：6.25
版　　次：2025 年 5 月第 1 版
印　　次：2025 年 5 月第 1 次印刷
ISBN 978-7-5212-3313-1
定　　价：60.00 元

作家版图书，版权所有，侵权必究。
作家版图书，印装错误可随时退换。